다시 한 번
아이돌

다시 한번 아이돌 6

2021년 4월 21일 초판 1쇄 인쇄
2021년 4월 26일 초판 1쇄 발행

지은이 틴타
발행인 김정수 강준규

기획 이기헌 왕소현 박경무 강민구
책임편집 최전경
마케팅지원 배진경 임혜솔 송지유 이영선

발행처 (주)로크미디어
출판등록 2003년 3월 24일
주소 서울시 마포구 성암로 330 DMC첨단산업센터 318호
Tel (02)3273-5135 **편집** 070-7863-8592 **Fax** (02)3273-5134
홈페이지 rokmedia.com **E-mail** rokmedia@empas.com

ⓒ 틴타, 2020

값 8,000원

ISBN 979-11-354-9347-8 (6권)
ISBN 979-11-354-9341-6 04810 (세트)

다시 한 번
아이돌

ONCE AGAIN IDOL

ROK MEDIA

로크미디어

Contents

Chapter 8-2.

추억 속 그 가수 (2)

영이 선생님이 방송에 자주 나오시는 분은 아니지만 그다지 신경 쓰지 않았던 미래의 방송까지 끄집어내서 생각해 보면 꽤나 프로페셔널한 이미지로 나오는 경우가 많았다.

프로페셔널이라는 게 일에 있어서 진지하고 진심이라는 것보단 예능용 프로페셔널이라고 해야 할까.

카메라 앞에서 돌변하는 캐릭터로 한동안 날리셨던 것으로 기억한다.

물론 영이 선생님의 성격이 개성으로 받아들여지는 미래 방송에서의 일이긴 하지만.

그렇다면 카메라만큼 좋은 급처방이 있을까.

"죄송합니다."

연습실 안에서 영이 선생님과 한참 이야기를 나누던 매니저님이 곤란한 표정을 지으며 밖으로 나오셨다.

"안 하시겠대요?"

"네, 일단 오늘은 안무 연습만 하시는 것으로. 제가 며칠 내로 설득할 테니 여러분들은 걱정하지 마시고 연습에 집중해 주세요."

"네, 매니저님. 고생하십니다."

난 먼저 연습실로 들어가려는 고유준과 매니저님을 붙잡아 조금 더 연습실에서 떨어졌다.

"왜 그래?"

"말씀하실 것이라도 있으십니까?"

나는 고개를 끄덕이며 두 사람에게 어깨동무해 가까이 끌어당겼다.

"선생님 컴백이 얼마 남지도 않았는데 언제고 설득될 때까지 기다릴 수는 없으니까요. 제안드릴 게 있는데요."

난 매니저님께 내 의견을 말했다. 그러자 매니저님은 움찔하다 곧 옅게 미소를 지으며 고개를 끄덕였다.

"선생님만 허락하신다면 나름 좋은 방법이네요. 한번 진행해 보도록 하겠습니다."

"김 실장님은 일에 지장 가는 걸 세상에서 제일 싫어하시니까 아마 이 상황을 말씀드리면 곧장 오케이하시지 않을까요?"

"저도 같은 생각입니다. 영이 선생님께는 다음 연습 때까지 하는 쪽으로 설득해 놓을 테니까요.”

이 방법이 통한다면 라이브 이외에도 생길 트러블을 미리 방지할 수 있을 터다.

우린 간단한 의논을 끝내고 영이 선생님께 드릴 음료까지 준비해 연습실로 들어갔다.

“어어, 음료 가져온 거야? 고마워라. 내가 도시락 싸 왔으니까 연습 끝나고 먹고 가.”

“감사합니다, 선배님!”

일적으로는 좀 그래도 참 좋은 분이시긴 하다. 이 업계에서 오래 일했지만 영이 선생님 정도 되는 대선배가 후배들을 이렇게 챙겨 주는 경우도 잘 없다.

“연습 시작할까?”

“네!”

우린 영이 선생님이 보는 앞에서 우리가 연습한 안무를 선보였다.

테크노 장르의 곡으로 텐텐의 곡 중 가장 하드코어한 록 댄스를 선보이는 〈두 번의 사랑〉.

가벼운 댄스와 함께 밝고 신나는 뉴잭스윙 장르의 메가 히트곡 〈OH! MY LOVE〉.

마지막으로 팔다리를 쫙쫙 뻗는 안무로 유명한 여름 시티팝 〈푸른 바다의 그대〉.

영이 선생님은 우리의 안무에 매우 만족하신 듯 미소와 함께 고개를 끄덕거렸다.

우리가 안무를 마쳤을 땐 박수까지 보내 주셨다.

"〈오 마이 립〉, 〈푸른 바다의 그대〉에선 좀 더 자연스럽게 신나고 밝은 표정을 지어 줬으면 좋겠지만 차차 연습하면 괜찮아질 것들이고 안무는 예전 우리 멤버들보다 잘하는 거 같은데?"

그러자 매니저님이 흐뭇하게 웃으며 고개를 끄덕였다.

"대선배님과 함께하게 되었다고 후배들이 틈틈이 연습 많이 했습니다. 워낙 실력 좋은 친구들이기도 하고요."

"감사합니다!"

영이 선생님은 들고 있던 음료를 내려놓고 나와 고유준의 가운데에 섰다.

"수환 실장님, 노래 좀 틀어 줘요."

"네, 선생님."

선생님과 함께 연습이 진행되었다.

역시 연세가 있으시니 우리가 참고했던 영상 속 선생님보다 춤사위가 둔해지기도 했고 몇 부분은 춤을 추지 않고 넘기는 부분도 있었지만 역시 연륜은 무시하지 못한다.

춤을 추지 않는 곳도 자연스럽게 연결될 수 있도록 테크니컬하게 넘기시는 것이 무대 센스에 감탄이 나올 정도였다.

"여기서는 유준이가 춤추지 말고 앞으로 나와서 살짝살짝 동작하면서 나한테 장난치는 느낌으로 다가와 줬으면 좋겠어."

"아, 네!"

"멋있지 않아도 되니까 최대한 밝고 즐겁게. 현우도. 춤을 완벽하게 추려는 것보다 논다는 느낌으로."

"네!"

무대에서 논다는 게 신인에게는 어려운 숙제이긴 하지만 우린 노는 모습까지 밤을 새서라도 연습할 테니 다음 연습까지는 선생님께서 만족할 만한 모습이 나올 거다.

선생님의 체력을 생각해 안무 연습은 3시간 정도 만에 끝이 났다.

우린 연습이 끝난 뒤 영이 선생님께 인사하고 밖으로 나섰고, 매니저님은 영이 선생님과 조금 더 이야기를 나누시다 뒤늦게 나왔다.

"숙소에 데려다드리겠습니다."

"어, 영이 선생님은……."

"오늘은 저와 가기 싫으시답니다. 타이틀곡 노래 연습하시고 혼자 가신다 하셨어요."

우리는 매니저님께 위로의 눈빛을 보내며 차로 향했다.

숙소로 돌아가는 차 안은 조용했다.

딱히 조용한 이유가 있다기보단 오늘 하루 영이 선생님과

대치한다고 마음이 불편했을 매니저님을 위해.

나는 고유준과 시선을 교환하곤 입을 열었다.

"매니저님, 다음 연습은 언제인가요?"

"영이 선생님과의 연습은 이틀 뒤입니다. 하지만 여러분들은 내일도 연습실에 데려다드릴게요."

"감사합니다."

그리고 다시 정적.

원래 매니저님이 말이 없으신 분이긴 하지만 오늘따라 돌아가는 길의 이 침묵이 왜 이렇게 싫은 건지.

살뜰히 우리를 챙겨 주는 매니저님의 기분이 안 좋은 게 보기가 안타까워 무슨 위로의 말이라도 건네야 하는 게 아닐까 고민하던 차.

"서현우."

"어?"

고유준이 나에게 가까이 오라 손짓했다.

난 상체를 굽혀 고유준에게 귀를 가져다댔다.

고유준이 나에게 속닥였다. 난 고유준의 말을 듣자마자 인상을 찌푸리고 확 고개를 뺐다.

"뭐? 싫어."

"아, 좀 해!"

"네가 해."

"내가 하면 임팩트 없잖아. 그걸 잘 살릴 사람은 너밖에 없어."

우리가 티격태격하자 매니저님이 백미러를 통해 우릴 바라보셨다.

마침 차는 신호에 걸려 멈춰 섰다.

하려면 이때 해야 하긴 하는데.

고유준이 얼른 하라는 장난스러운 눈치를 주었다.

그래, 매니저님이 기분 안 좋으신데 이 정도쯤이야.

난 마음을 단단히 먹고 매니저님을 바라보았다.

"매니저님."

"네, 현우 씨."

"크흠, 흠!"

목을 풀고 숨을 크게 들이쉰 뒤 외쳤다.

"……워어, 마, 법의, 펜던, 트우으어어!"

"……."

"윽흐윽흡……."

"……."

고유준이 이를 악물고 웃음을 참았다.

아니…… 너라도 좀 웃어 주라. 그냥 웃어. 민망하게.

난 저질러 놓고 백미러로 보이는 매니저님의 표정을 살폈다.

매니저님은 눈을 크게 뜬 채 무서울 정도로 날 바라보고 있었다.

"아, 죄송합니다."

난 머쓱하게 말했다. 하지만 '괜찮습니다' 정도로 돌아와야 할 매니저님이 대답이 없었다.

뭐지? 혹시?

나와 고유준은 고개를 옆으로 기울여 매니저님의 모습을 살폈다.

"매니저님?"

매니저님이 핏기가 가셔 부들부들 떨릴 정도로 핸들을 강하게 잡고 계셨다.

조금 더 고개를 들어 백미러를 확인하자 그제야 필사적으로 웃음을 참고 있는 매니저님의 입꼬리가 보였다.

"아니, 그냥 웃으세요. 저 민망해요."

"아아…… 혀, 현우 씨, 갑자기 그걸 왜…….."

아니 매니저님 웃음 지뢰가 나라길래요.

"기분 좋으시라고."

그것도 혹시 폭소하시다 사고 날까 봐 차가 멈춘 틈을 이용해서.

"푸흡, 읍, 흐흡, 크윽."

"아니, 차라리 웃으시라니까요."

그래도 다행히 배경화면으로만 연명하시던 매니저님의 웃음이 돌아오신 듯하다.

매니저님은 신호가 바뀌자 다시 평온하게 돌아와 운전했

지만 그래도 한층 차 안 분위기가 부드러워지기는 했다.

고유준은 아직도 창문에 이마를 박고 끅끅거리고 있었지만.

다음 날, 포털 사이트에 텐텐의 영이가 발라드 〈The single〉로 컴백한다는 기사가 떴다.

앨범은 이미 완성되었고 영이 선생님의 활동 스케줄 또한 모두 짜인 상태.

선생님의 신곡 라이브 준비는 선생님께서 완벽하게 준비하셨다고 하니 이제 남은 건 영이 선생님의 첫 음악 예능에 깜짝 출연으로 모습을 보일 우리와 선생님의 텐텐 메들리 연습뿐.

연습실로 들어가 몸을 푸는 동안 매니저님이 말했다.

"어제 현우 씨가 말씀하신 거 김 실장님께 말씀드렸습니다. 영이 선생님께 허락받아 보도록 할게요."

"아, 그래요? 부탁드립니다."

매니저님이 웃었다.

"김 실장님 오히려 좋아하시더라고요. 이런 연습하는 모습 비하인드로 찍는 건 팬분들이 좋아하실 거라고요."

"중요한 건 선생님의 의견이긴 하지만요. 싫다고 하시면 정말 매니저님께서 설득해 주셨으면 좋겠어요."

음악 예능에서 립싱크는 정말 지양하고 싶은 것이라서.

이미 스케줄까지 다 정해진 마당에 선생님의 변심으로 무대를 망칠 수는 없다.

"맡겨 주세요."

매니저님이 자신 있게 말씀하셨다.

카메라 앞에선 더없을 프로페셔널함.

우린 그것을 이용하기로 했다.

자존심이 그렇게도 강하신 영이 선생님께서 카메라 앞에서 "난 라이브 못 해!"라고 말하실 리는 없으니까.

비하인드 카메라가 들어오면 적어도 카메라 앞에선 라이브를 하겠다 말씀하시지 않을까 하는.

조금 강압적인 방법이긴 하지만 준비할 수 있는 기간이 짧으니 어쩔 수 없다.

우린 이 이상의 것은 매니저님께 맡기고 연습을 재개했다.

"야, 오랜만에 볼펜 물고 연습해 볼까."

"나 그거 말하려고 했는데."

고유준이 볼펜을 가져와 나에게 한 자루 넘겨주었다.

난 볼펜을 가로로 입에 물었다.

우리가 표정 교정할 때 자주 쓰던 방법이다.

볼펜을 입에 물고 있다 보면 입 주위 근육이 풀려 조금 더 자연스러운 표정이 나온다고 할까.

우린 볼펜을 문 채 거울을 통해 서로를 바라보았다.

예전에 본 적은 있지만 역시나 웃긴 꼴이었다.

우리가 서로를 보며 낄낄거리자 매니저님도 뒤에서 지켜보다 조용히 자신의 입을 가렸다. 그러곤 한참 뒤 말씀하셨다.

"그 모습, 사진으로 찍어서 공식 파랑새 계정에 올리시는 건 어떨까요?"

"엥? 이 모습을요?"

"네, 김 실장님께서 조금의 스포일러 정도는 해 달라고 하셨고 팬분들도 최근 근황이 궁금하실 거예요. 물론 지금보다는 덜 웃긴 모습으로……."

매니저님이 휴대폰을 넘겨주었다.

"이거 매니저님이 웃겨서 또 배경화면 바꾸시려고 그러는 거 아니에요?"

"……아닙니다."

"대답이 늦으셨군."

고유준이 키득거리며 카메라를 켰다. 난 얼굴이 망가지지 않도록 볼펜의 끝만 문 채 앵글 안으로 들어갔다.

크로노스 @Officialchronos
(고유준, 서현우 볼펜 입에 문 투샷.jpg)
연습 중~ 무슨 연습 중일까요?
#유준 #현우
답글 RT 좋아요

우리가 올린 사진은 1분도 지나지 않아 금방 수많은 좋아요가 찍히기 시작했다.

크로노스 @Officialchronos · 2일
(고유준, 서현우 볼펜 입에 문 투샷.jpg)
연습 중~ 무슨 연습 중일까요?
#유준 #현우
답글 1.1천 RT 6.2천 좋아요 3.8만

스포일러미 낭낭한 티를 내며 올린 고유준과 서현우의 연습실 셀카.

볼펜을 물고 있는 두 사람의 알 수 없는 상황과 이제 막 연습을 끝낸 듯한 땀에 젖은 머리, 그와 대비되는 뽀송한 피부.

갑작스럽게 올라온 게시글은 당연하게도 팬들 사이에서 무수한 반응을 자아냈다.

크로노스컴백언제 @cljillsi · 1분
(서현우, 고유준 입술 확대샷.jpg)
ㅁㅊ볼펜을...입술에...물어?....입술에...물ㅇ...?
답글 0 RT 0 좋아요 0

고유준주접계 @UJunasara · 30분
드디어 내가 염원하던 룸메즈 투샷이 올라왔다. 너희들이 물고 있는 건 볼펜이 아니고 내 멱살이야 내가 120살 할머니가 되어 죽는날 묘비에 꼭 적어 주시길...—유준, 현우 투샷은 레전드였다—

다시한번
아이돌

답글 1 RT 0 좋아요 0

└고유준주접계 @Wunasara · 8분

@Wunasara님에게 보내는 답글
퍼스널 스페이스따위 개나 줘버린 밀착감, 입술에 문 볼펜
과 뽀송한 두 사람의 솜털피부, 딱봐도 장난치다 찍은 듯
초등학교 4학년의 개구장이같은 둘째의 웃음까지 완벽한
투샷이었다. 앞으로도 잘부탁해. 사랑해얘드라

답글 RT 15 좋아요 28

크로노스의 공식 파랑새 계정에 오랜만에 올라온 스샷이
기에 팬들은 갑작스러운 선물을 받는 기분이었다.

그와 동시에 두 사람은 뭘 하고 있었던 걸까. 그것도 강주
한이 서현우에게 선물했던 솔로곡을 제외하면 최대한 개인
활동을 자제했던 두 사람이 따로 연습실에서 연습이라니.

수많은 궁예가 오고 갔다.

다즈 @daz_1029 · 58분
근데 진짜 두 사람 뭔가 기획하는 거 있는 거 아님? 난 갑
자기 왜 저번에 ㅌㅔㅌㅔㅌㄴ 멤버랑 만났다는 거 생각나
지? 윤찬이는 없지만 그거랑 관련된 거 뭐 하는 거 아님?

답글 1 RT 1 좋아요 2

└백금발왕자 @sokapa · 40분

@daz_1029님에게 보내는 답글
헐.....다즈님...대단해요....진짜 그거랑 관련된 거 같은데
요....? 뭐하는 거지?ㅜㅜ뭐라도 좋으니 떡밥 좀만 더 뿌려
줬으면...!

　이것일 것이다 저것일 것이다 말이 많았지만 어찌 됐든 휴
식기에 들어간 아이돌이 무엇이라도 준비하고 있다는 소식
을 들려주는 건 참으로 좋은 일이다.
　팬들이 두 사람의 투샷을 보며 즐거워하고 있을 때, 서현
우, 고유준 그리고 그들의 임시 매니저 이수환은 팬들의 기
대만큼 완벽한 무대를 위해 만반의 계획을 마친 직후였다.

♪♬♩♫

　매니저님께서 설득하신 결과, 다행히 영이 선생님은 크로
노스의 비하인드 카메라가 연습 장면을 찍는 것을 흔쾌히 허
락해 주셨다.
　사실 텐텐의 멤버 정도 되는 거물급 가수가 컴백하면 립싱
크를 하든 뭘 하든 방송사 측에서 배려해 주는 경우가 많지

만 문제는 우리가 출연할 〈헤일로의 음악 버스〉는 음악 토크 방송으로 올밴드 연주가 기본이고 라이브를 하지 않을 경우 상당히 티가 날 수 있다는 것이었다.

"비하인드 카메라랑 같이 들어가면 제가 자연스럽게 라이브 이야기를 꺼내겠습니다. 여러분들은 모르는 척 지금처럼 연습해 주세요."

"네!"

매니저님은 사뭇 비장한 표정으로 연습실 문을 열었다.

먼저 와서 컴백 발라드곡을 연습하고 계시던 영이 선생님이 노래를 이어 나가면서 눈빛으로 인사했다.

우린 그녀에게 방해가 되지 않도록 조용히 고개 숙여 인사하고 구석으로 향했다.

평소보다 조금 진해진 색조 화장. 영이 선생님은 분명 우리의 비하인드 카메라를 의식하고 있었다.

–대선배님이랑 같이 무대에 서게 되었는데 기분이 어때요?

비하인드 카메라 스태프가 묻는 질문에 난 활짝 웃으며 당당하게 말했다.

"같은 댄스 가수로서 존경하던 대선배님이랑 같이 하다니. 너무 긴장해서 숨도 잘 안 쉬어져요."

내 말에 힐끔, 영이 선생님의 시선이 잠시 나에게 머물다 제자리로 돌아갔다.

존경하는 대선배님. 그리고 카메라. 알게 모르게 영이 선생님에게 부담을 팍팍 주는 중이다.

영이 선생님의 노래가 끝나고 곧 나와 고유준이 참여한 텐텐 메들리 연습이 시작되었다.

그에 맞춰 노트북을 만지작거리던 매니저님이 말했다.

"선생님, MR 한번 틀어 볼까요?"

"……뭐?"

매니저님은 최대한 미안한 미소를 지었다.

"헤일로 팀한테 문의해 봤는데 음악 버스 게시판에 선생님의 라이브를 기대하는 텐텐 팬분들이 많다고 해서요. 팬분들을 위해 일단 한 번이라도 연습해 보는 게 좋지 않을까 싶은데 선생님 생각은 어떠십니까?"

자신을 존경한다는 후배 가수들, 카메라, 라이브를 기대하는 팬. 그리고 사실 〈헤일로의 음악 버스〉에서 립싱크를 한 가수는 지금까지 한번도 없었던지라 당연히 선생님이 라이브할 것을 기대한 팬들의 게시글까지 매니저님의 말은 모두 사실이었다.

"흐음."

프로페셔널한 영이 선생님. 그녀는 대중의 기대에 약하다. 하지만 한번도 해 보지 않았던 댄스곡 라이브.

사람들의 앞에서 본인의 진짜 모습을 드러내는 건 두려움과 싸워야 하는 큰일이었다.

선생님은 고민하더니 말했다.

"그럼 우선 〈OH! MY LOVE〉만 라이브로 해 볼까?"

"네! 선배님!"

밝고 즐거운 율동과 함께인 텐텐의 메가 히트곡. 노래방에서 흥 타서 몸을 흔드는 수준이라 라이브에 부담이 되지 않을 곡이었다.

"선생님……."

매니저님은 영이 선생님의 큰 결심에 깊은 감명을 받은 듯 흐뭇하게 그녀를 바라보다 고개를 끄덕이고 의자에 앉았다.

"그럼 첫 번째 곡 〈두 번의 사랑〉 건너뛰고 〈OH! MY LOVE〉부터 시작하겠습니다. MR입니다."

곧 밝고 통통 튀는 뉴잭스윙 특유의 비트가 흘러나왔다.

우리 세 사람은 동시에 손을 허리에 얹고 어깨를 으쓱이며 한 발 한 발 앞으로 나아갔다.

그와 동시에 MR에서 흘러나오는 영이 선생님의 소울 넘치는 고음.

나와 고유준은 최대한 즐겁고 기쁜 미소를 지으며 율동을 시작했다.

YEAH, I Like you! you like me!

고유준이 영어로 된 추임새를 넣기 시작했다.

옛날 유행처럼 불렸던 '예아라큐유롸미'처럼 살짝 촌스러운 발음 그대로 부르자 율동을 맞추던 영이 선생님이 웃음이 터졌다.

> 넌 너무 똑똑해 그것이 매력이야
> 안경 낀 그 모습조차 아름다워
> wow! my god!
> 네 옆에 내가 있었으면!

고유준은 자신의 파트를 마치며 영이 선생님이 내민 손을 잡아 손등에 뽀뽀하는 제스처를 재현하고 뒤로 빠졌다.
그와 동시에 내가 앞으로 나섰다.
고유준이 특유의 저음으로 랩을 했다면 난 이 곡의 킬링 파트를 맡았다.

> 언제나 교실의 창가에 앉아 웃는 널 지켜보곤 했지
> 친구가 많은 너는 나 따위 쳐다보지도 않았어
> 난 자신이 없었어
> 너의 마음을 알 수 없었지
> 도도한 너, 이제 날 봐줘

〈블루 룸 파티〉로 단련된 잔망을 있는 힘껏 부리며 킬링 파트 특유의 설레발스럽고 들뜬 분위기로 살짝살짝 춤을 췄다.

목소리 또한 평소보다 한 톤 올린 채였는데 영이 선생님께
선 몹시 만족하신 모양이었다.

　남자 멤버들의 파트가 끝나고 드디어 후렴구, 영이 선생님
의 차례가 되었다.

　난 뒤로 빠져 영이 선생님의 옆에 섰다.

　영이 선생님은 잘 추던 춤을 최대한 자제한 채 조금 굳은
표정으로 라이브를 시작했다.

　그건 나 또한 마찬가지야

　넌 언제나 친구들에게 둘러싸여 있어

　나도 언제나 널 지켜보고 있는걸

　하지만 말을 붙일 자신이 없어

　기다리고 있는데 너는 왜 다가오지 않아

　그냥 용기 내. 내게 말해 줘. 날 사랑한다고.

　……잘하시는데?

　왜 지금까지 자신 없어 하셨던 거지?

　영이 선생님 또한 생각보다 잘 나오는 라이브에 놀란 듯
부르면서도 '이게 왜 되지?' 하는 의아한 모습이셨다.

　아니, 솔직히 그렇다.

　발라드 또한 잘 부르던 전직 댄스 가수가 안무에 따라 음
이 조금 흔들릴지언정 라이브가 안 될 리가 없는데.

메들리가 끝나는 구절까지 불러 본 우리는 다들 '어, 괜찮네.' 하는 마음을 담아 잠시 정적을 유지했다.

그리고 잠시 후, 영이 선생님이 조심스럽게 말했다.

"우리 〈두 번의 사랑〉도 해 볼까?"

데뷔한 지 약 40년 만에 댄스곡 라이브에 재미를 붙이신 모양이었다.

우리의 입장에선 대감사 대환영스러운 상황. 활짝 웃으며 격하게 고개를 끄덕였다.

"네!"

매니저님은 뿌듯한 얼굴로 말했다.

"〈두 번의 사랑〉 틀겠습니다. 현우 씨랑 유준 씨는 저번에 연습했던 화음 신경 쓰시고 선생님께선 관절 조심해 주세요. 힘들다 싶으면 그 부분은 가볍게 율동으로 넘기셔도 괜찮으니까요."

"수환 실장님, 내가 또 율동으로 넘기는 그런 거 잘하지."

영이 선생님이 장난스레 말하며 자세를 잡았다.

곧 〈두 번의 사랑〉 MR이 재생되었다.

메들리의 첫 번째를 장식하는 곡.

〈OH! MY LOVE〉와는 다르게 텐텐의 곡 중 가장 하드코어 한 댄스를 가진 곡이다.

영이 선생님께서는 연세를 생각해 첫 전주를 추는 동안 뒤에서 대기. 아크로바틱한 안무를 소화하는 건 나와 고유준이었다.

난이도는 높지 않지만 얼마나 다리 움직이는 동작이 많은
지 춤을 빙자한 운동이라고 하는 게 맞을 정도로 체력 소모
가 극심했다.

특히 이 곡의 안무 중 하이라이트는 남자 멤버의 백 턴.

백 턴은 비교적 몸이 가벼운 내가 맡았다.

"워후!"

"잘하네!"

내가 백 턴 하자 영이 선생님과 고유준이 감탄하며 칭찬을
쏟아 냈다.

난 스멀스멀 올라오는 기분 좋음을 느끼며 뒤로 빠졌다.

헤야옴마 헤이야 움

에이야옴마 에이야 움

하이야옴마 아이 움

이상한 주문으로 시작하는 노래.

이 곡의 묘미는 첫 소절, 영이 선생님이 어색한 로봇 춤을
추며 부르는 것이다.

〈OH! MY LOVE〉의 율동과는 달리 춤과 노래를 함께해
야 하는 곡. 영이 선생님은 과연 괜찮으실지.

걱정스레 선생님을 바라보았다.

하지만.

너의 모습을 보는 순간 깨달았지
너와 나는 진득이 얽힌 운명이라고

한번 불렀던 댄스곡 라이브의 느낌이 워낙 좋았던 덕분일까? 아까와는 달리 선생님의 목소리와 표정엔 자신감이 가득 차 있었다.

나와 고유준이 영이 선생님과의 특별 무대를 준비하는 동안 출연 섭외 거절권을 걸었던 〈플라잉맨〉 녹화분이 방영되었다.
공식적인 스케줄은 없었어도 연습으로 바빴기에 따로 챙겨 보지는 않았지만 유쾌한 분위기로 편집되었던 방송과는 달리 이후 논란이 일었다는 이야기를 들었다.
크로노스의 출연이 라이브 무대 전 촬영분이 아닌가 하는.
당연하게도 눈치 빠른 팬분들은 우리의 헤어스타일, 분위기 등으로 라이브 무대 전의 일이었다는 것을 알아차렸고 그로 인해 YMM에서는 꽤 곤혹을 치렀다.
특히 김 실장님과 우리의 전 매니저였던 인현 형이.
인현 형은 이전 알뤼르 세연 형 실신 사건도 언급되다 논

란이 길어지자 결국 연습생 관리조차 하지 못하고 퇴사하게
되었다.

회귀 전엔 분명 재계약 이후까지 매니저를 맡던 형이었는
데.

확실히, 내가 들어온 이후로 돌아가는 환경과 상황이 많이
바뀌었음을 새삼 실감할 수 있었다.

오후 늦게 텐텐 메들리 연습이 잡힌 오늘, 난 느지막이 일
어나 침대에 누운 채 휴대폰을 하며 시간을 보내고 있었다.

"야, 그거 재밌냐. 너 은근히 특이한 거 많이 보더라."

"이게 뭐가 특이해. 옛 감성이 있어. 나름 재밌음."

"옛날 꺼니까 옛 감성이지."

고유준은 노트북으로 게임을 하며 말했다.

내가 지금 보고 있는 것은 그룹 텐텐이 전성기 시절에 나
갔던 옛날 예능.

텐텐 무대 영상을 하도 찾아보니 너튜브 알고리즘에 의해
우연히 보게 됐는데 의외로 재밌어서 줄곧 이어 보는 중이었
다.

"그거 다 보고 너도 같이 게임하자."

"싫어. 물풍선 게임도 너무 많이 했어. 나중에 고유준이
컴퓨터 사 주면 총게임 해야지."

그러자 고유준이 획 고개를 돌려 날 노려보았다.

"내가 왜 컴퓨터를 사 주냐?"

"너 〈블루 룸 파티〉 작사한 거 정산 들어올 거잖아."

"사도 나 혼자 할 거임."

"유준아, 이번 달 친구비 입금 안 됐더라."

키득거리며 시시한 농담 따먹기나 나눌 때였다.

"아악!"

콰앙! 타쾅!

"……응?"

나와 고유준의 고개가 반사적으로 문을 향해 돌아갔다.

"뭐야?"

"몰라."

"누구 하나 드디어 미쳐 버린 모양인데?"

고유준의 입에서 미쳐 버렸다는 말이 나오자마자 내 머릿속에 떠오르는 인물은 단연 주한 형이었다.

천재들은 가끔 미칠 때가 있다고 하지 않던가.

우리가 지하철 개찰구에서 마주친 좀비 떼를 보는 사람처럼 심각한 눈으로 문을 바라보고 있을 때였다.

"혀엉……."

방문이 열리고 윤찬이가 울먹이며 고개를 빼꼼 내밀었다.

"주한 형이 이상해요……."

"이번에는 또 왜?"

윤찬이가 고개를 저었다.

"모, 몰라요. 방에서 안 나와서 모르겠는데 방금 큰 소리

다시한번
아이돌

들으셨어요?"

윤찬이는 얼른 나와 보라는 듯 방문을 완전히 열었다.

우린 슬그머니 일어나 주한 형의 방문 앞으로 향했다.

"근데 형 작업 중이라서…… 멋대로 열어도 되나 좀 고민되네."

"그, 그렇죠? 주한 형 예민할 테니까."

우리가 속닥거리자 고유준이 숙소를 크게 둘러보았다.

"진성이는? 이럴 땐 막내 집어넣는 거야."

와, 나쁜 놈.

"……진성이는 아직 자고 있어요."

"한심하다, 고유준. 동생을 미끼로……."

나와 윤찬이가 환멸에 찬 표정으로 고유준을 바라보자 고유준은 머쓱하게 어깨를 으쓱이며 문고리를 잡았다.

"그럼 내가 열지 뭐. 난 주한 형한테 등 타작 제일 많이 맞아 봐서 괜찮아."

고유준이 대수롭지 않게 문고리를 내리는 순간.

"……문밖에 현우니? 현우야!"

"으억!"

갑자기 문이 확 열리며 주한 형이 나왔다. 그 덕분에 문고리를 잡고 있던 고유준이 훅 방으로 딸려 들어갔다.

"형, 무슨 일이야……? 꼴이 이게 뭐야?"

"아, 팔이야. 놀랐네."

"주한 형, 괜찮으세요?"

언제나 단정하던 그 주한 형 맞나.

안경이야 작업할 때는 늘 끼고 있었으니까 그렇다 치고.

헝클어진 머리, 푸석한 피부, 심지어 갈라진 입술에 아직 도 잠옷 차림.

이건, 내가 아는 주한 형이 아니다.

하지만 주한 형은 우리의 걱정 따위 곧바로 넘겨 버리고 나와 눈이 마주치자마자 다급하게 날 끌고 다시 방으로 들어 갔다.

"응? 어? 뭔데?"

나 갑자기 이 드라큘라나 살 것같이 햇볕 하나 들어오지 않는 방에 왜 들어온 건데?

난 잠시 멍하게 있다 주한 형의 눈치를 보며 슬그머니, 그 러면서도 빠르게 꽉 닫혔던 암막커튼을 열었다.

"아아악!"

물러가라, 악귀야.

주한 형이 괴로워하며 자신의 눈을 가렸다.

똑똑.

그 와중 나와 주한 형이 걱정된 다른 멤버들이 조심스럽게 문을 두드렸다.

"형, 괜찮아요?"

"주한 형, 우리 들어가도 돼?"

"안 돼. 저리 가. 여기 위험해."

난 멤버들을 보내고 주한 형의 침대에 앉았다.

"형, 왜? 무슨 일 있어?"

내가 묻자 그제야 진정된 주한 형이 의자에 앉아 한숨을 쉬었다.

"이번 컴백 타이틀 말인데."

"응."

"도 PD님이 소스 몇 개 주시고 어설퍼도 괜찮다고 컨셉에 맞춰서 나더러 만들어 오라고 하셨거든."

"와, 기회 제대로 주셨네. 좋은 거 아니야?"

주한 형이 고개를 저었다.

"난 입학 컨셉에 맞춘 곡이 뭔 줄 모르겠어."

지금까지는 생각나는 곡을 그대로 만들었다면 이번엔 만들어야 하는 틀이 짜여 있다.

콘셉트라는 제약이 있으니 자유롭게 작곡하던 주한 형에게는 큰 스트레스가 됐던 모양이다.

"입학 시즌에 맞춰서 낼 거고, 난 입학과 봄을 함께 묶어서 생각하고 있거든. 어떻게 해도 달달하고 설레는 곡밖에 안 나오는데 이건 크로노스가 아니야. 어쩌지? 이게 내 한계인가?"

주한 형이 땅굴을 파고들어 갈 기세다.

내가 텐텐 연습에 몰입하는 동안 주한 형이 심리적으로 많이 힘들었던 모양이다, 나를 불러다 앉히고 토로할 정도면.

"아냐. 인풋을 봄에 맞춰서 해서 그런 게 아닐까 싶은데. 나도 같이 생각해 볼게."

"응…… 내가 만든 거 한번 들어 봐."

주한 형은 힘없이 몸을 돌려 자신이 만든 곡을 재생했다.

아직 뼈대만 만들어 둔 듯한 곡. 주한 형도 작곡 스타일이 확실한 편이라 한번에 '아, 이거 강주한이다!' 싶은 곡이었다.

달달하고 여유로운 감성적인 노래. 전주부터 훅을 박아 버리는 힙합곡이지만 역시 〈블루 룸 파티〉처럼 크로노스 특유의 군무가 들어갈 틈은 없어 보였다.

"좋은데? 확실히 타이틀곡 느낌이 아니긴 하다."

"그렇지? 네가 들어도 그렇지? 그냥 포기할까? 포기한다고 하는 편이 나았을걸. 난 아직 부족한데."

"진정하시고. 주제에 사랑도 들어가? 엄청 달달하네."

"응, 입학과 첫사랑. 첫사랑은 도 PD님이 따로 추가하신 키워드긴 하지만."

이렇게 밝은 분위기로 가고 싶다는 건가.

난 잠시 고민하다 말했다.

"내가 생각하는 입학과 첫사랑은 벅차오름이라고 생각하는데 안무 만들기에도 벅차오르는 쪽이 좋을 것 같기도 하고."

난 내 휴대폰을 만지작거렸다.

"형, 트로피컬 하우스 장르 알아?"

"……알지? 트로피컬 하우스. 음."

주한 형이 가지고 있던 트로피컬 하우스풍 소스를 재생했다.

"이거 말하는 거지? 아직 이 비트를 써 본 적은 없어."

난 재생되는 음악을 듣다 말했다.

"형님, 언밸런스에서 나오는 아름다움을 아십니까?"

"뭐?"

트로피컬 하면 여름, 마림바. 통통 튀는 리듬과 시원한 신스 사운드.

컴백 시기는 봄이긴 하지만 또 마음을 붕붕 뛰게 만드는 감성 장르엔 트로피컬 하우스만한 게 없다.

이제 한국에서도 슬슬 들어오려는 추세긴 하지만 아직은 선점이라고 할 수 있는 시기. 더구나 봄엔 트로피컬 하우스를 잘 쓰지 않는다.

어떤 장르든 어떻게 쓰냐에 따라 분위기는 달라지지 않은가.

"내가 개인적으로 좋아하는 장르라 추천해 보는 건데 이렇게 해 보는 건 어때?"

난 작곡 프로그램을 다뤄 본 적이 없다. 그래서 내가 원하는 느낌을 장르로 예를 들어 형에게 설명했다.

곡의 초반은 신스 사운드로 통통 튀는 귀여움을, 후반 하이라이트로 갈수록 빠른 비트의 펑키함을.

주한 형이 만든 베이스 자체는 완연한 봄이기에 장르적 변화를 주어 벅차오름만 조금 추가해도 금방 이제 막 입학하는, 또는 졸업하는 청춘들의 푸르른 이미지를 연상시킬 수 있지 않을까?

또한 지금보다 훨씬 고난이도 안무를 짜기도 쉬울 테고.

형은 내 말에 처음엔 조금 헤매는 듯하다가 직접 이것저것 소스를 끼워 보고 참고할 곡들을 들어 보더니 퍼뜩, 눈에 생기가 돌아왔다.

"언밸런스의 아름다움. 새겨 둘게. 네가 만든 말이야? 고맙다."

"아니, 이거 내가 좋아하는 작곡가가 한 말이었어. 굳이 계절에 따라 장르를 구분할 필요는 없다고."

"누군지 몰라도 그 작곡가는 천재인가 봐. 고맙다."

"고생해."

난 형의 등을 두드려 주었다. 주한 형은 모니터에서 시선을 떼지 않은 채 손을 흔들었다.

언밸런스의 아름다움.

그거 사실 주한 형이 한 4년 뒤부터 주구장창 말하고 다니던 말이었는데.

의도치 않게 멋진 말을 내가 뺏은 셈이 되어 버렸군.

아까 언뜻 형이 임시로 끼워 넣은 곡을 들어 보니 이번 앨범은 밝고 재밌는 곡이 만들어질 모양이다.

"아, 현우 씨. 유준 씨 일어나 계신가요? 텐텐 객원 멤버 의상 맞추러 가야 하는데."

"매니저님, 언제 오셨어요? 고유준 방에서 게임하고 있을 거예요."

매니저님이 부엌에서 사 온 식재료를 냉장고에 정리하고 계셨다. 내가 자연스럽게 매니저님의 손에 들린 봉투를 가져가 냉장고 정리를 시작했다.

수환 매니저님은 즉석 도시락보다 식재료를 사 오시는 편이라서 요즘 우린 집에서 요리해 먹는 경우가 많아졌다.

"감사합니다."

"별말씀을."

"아, 그리고 크로노스 공용 휴대폰으로 문자 보내 뒀는데 주한 씨가 확인 안 하셨더라고요."

매니저님이 거실을 손으로 가리켰다.

"거실 테이블에 개인별 프로필 및 질답 종이 올려 뒀습니다. 팬클럽 1기 패키지에 들어간다고 해요. 멤버분들이랑 내일까지 작성 부탁드릴게요."

"아, 팬클럽 창단. 네, 알겠어요."

"모집은 연말쯤 한다고 해요. 유준 씨 데려올 테니 냉장고 정리마저 부탁드리겠습니다."

"넵."

매니저님은 미소를 지으시곤 고유준을 데리러 방으로 들어갔다.

영이 선생님이 재미를 붙이신 덕분에 연습도 잘 되어 가고 이제 특별 무대까지 얼마 남지 않았다.

약 일주일.

셀카를 올린 이후 크로노스 홈페이지에도 〈헤일로의 음악 버스〉 스케줄이 올라가 팬분들의 기대도 최대치에 달했고 나 또한 메들리가 완성될수록 고리들이 얼마나 좋아할지 반응이 기대되었다.

〈헤일로의 음악 버스〉 무대 하루 전날. 역시 연말을 앞둔 시점은 컨디션 조절할 시간도 없이 바쁘게 돌아간다.

오랜만에 회의실에 모인 크로노스 팀은 너도나도 하나같이 퀭한 얼굴을 한 채 정적 속 자신의 수첩을 뒤적거리거나 한숨을 푹푹 쉬어 댔다.

아주 일복이 터져 나가고 있었다.

"일단 유준이 현우, 내일 스케줄 잘 끝내 주고."

물론 그중에서도 가장 헬쑥해진 건 다름 아닌 김 실장님이셨지만.

〈플라잉맨〉 방영의 여파, 연말 준비, 컴백 준비에 팬클럽 창단까지. 김 실장님은 정말 몸이 다섯 개여도 모자랄 지경일 테다.

"내일 텐텐 반응이 괜찮으면 추가로 스케줄 잡을 거예요. 신인한테는 잘 없는 좋은 기회니까 어필 제대로 하고 와."

"네!"

"그리고 곡은 잘 되어 갑니까, 도 PD님."

김 실장님의 힘없는 목소리에 도 PD님이 고개를 끄덕였다.

"완성되면 들려드릴게요. 주한이가 감을 잡았더라고요."

그러자 주한 형이 말했다.

"현우가 많이 도와줬어요."

주한 형은 살짝 웃고는 머뭇거리다 말을 이었다.

"어, 음, 그리고 관련해서 사실 제안할 게 있는데요."

"제안? 뭔데?"

"현우가 내는 아이디어가 되게 좋은 것들이 많아서, 차라리 현우를 작곡자 명단에 넣고 완전히 참여시키는 건 어떨까 해요."

"나?"

내가 놀라서 되묻자 주한 형이 고개를 끄덕였다. 형은 이미 회의실에 들어오기 전부터 제안하려 생각했던 모양인지 꽤 비장한 얼굴이었다.

도 PD님은 날 힐끔 보았다.

"현우, 일정 괜찮겠어?"

"지금처럼만 해도 돼. 나한테 어떤 느낌이 좋다 말하는 정도라도 괜찮아."

도 PD님과 주한 형의 눈길을 받는 순간 난 앞으로 치러야 할 엄청난 일정에 앞이 까마득해짐을 느꼈지만, 그럼에도 고개를 끄덕였다.

"해 볼게요."

작곡가 명단에 이름 올리는 것도 한번쯤 해 보고 싶었을뿐더러 기왕 바쁜 거 하얗게 불태워 보는 것도 나쁘지 않을 것 같았다.

김 실장님은 우리의 대화를 지켜보다 수첩에 무언가를 메모했다.

"그럼 완성되면 들려주시고. 수환 씨, 연말 무대 관련해서 연락 온 거 있으면 말해 주세요."

매니저님은 곧장 수첩을 펼쳐 대답했다.

"어제 유넷을 마지막으로 연말 무대 제안은 전부 받았습니다. 유넷은 〈픽미업〉, 〈픽위업〉 출신 출연진들끼리 콜라보 제안이 왔는데요. 〈픽위업〉 출연 당시 계약 사항에 들어 있던 내용이라 미팅 일정 잡아 뒀습니다."

그 외에도 각 방송사마다 이진성과 타 그룹의 댄스 합동 무대, 나와 타 그룹의 댄스 합동 무대, 나와 고유준같이 내년에 성년이 되는 아티스트들이 꾸미는 보컬 무대 등이 예정되어 있었다.

각 시상식에서 제안한 무대를 준비하면서도 크로노스만의 무대마저 힘줘서 꾸며야 하니 그야말로 죽어나는 기간이 아닐 수 없다.

그리고 이건 다른 아티스트들도 마찬가지.

최근 시끌벅적하던 D 팀 단체 메신저 방이 조용해진 것도 이 이유 때문일 거다.

"······일정이 바쁘겠지만 수환 씨는 스케줄 조정 잘하시는 분이니까 아이들 컨디션 관리도 신경 써 주세요. 수환 씨가 고생 좀 하시겠네요."

"알겠습니다."

"그리고 팬클럽 창단식 쪽은 어떻게 되어 갑니까?"

김 실장님의 물음에 이번에는 기획 팀 쪽에서 부산스러워졌다.

"일단 멤버들에게 프로필과 질답은 받아 뒀고요. 한 가지 제안드릴 것이 있는데요. 이번 컴백에 맞춰서 크로노스 유니버스 관련한 떡밥을 뿌릴 생각이거든요."

기획 팀장님이 모두에게 복사된 종이를 건넸다.

"······나폴리탄 괴담?"

"저희 크로노스 팀 스토리 작가님께서 주셨어요. 세계관의 바탕이 되는 이야기라고. 근데 이걸 팬클럽 패키지에 포함시킬지 이번 앨범에 포함시킬지 고민이에요. 어차피 어디에 포함시키든 SNS에 퍼질 거고 저희도 그걸 노리고 있기는 한데."

기획 팀장님의 말에 김 실장님은 괴담 내용이 적힌 종이를 보며 한참 고민하다 말했다.

"앨범에 포함시키고 발매 전에 파랑새 공식 오피셜로 올려 그냥. 뮤직비디오도 스포할 겸."

오늘도 이 이야기 저 이야기로 빠르게 화제가 바뀌어 가며 무언가가 결정되고 있다.

주한 형은 익숙하게 회의에 참여하는 것 같고 난 끼어들 구석이 없어 조용히 종이에 적힌 괴담만 훑어보았다.

"근데 형."

"응?"

"우리 세계관, 도대체 무슨 내용이야?"

진성이의 말에 난 고개를 저었다.

"모르겠어."

괴담이 들어온 시점에서 정말 세계관과 뮤직비디오 스토리를 알 수 없게 되었다.

분명히 〈퍼레이드〉까지만 해도 현실과 판타지 세계의 이야기였는데 왜 갑자기 괴담?

거기다 곡은 분명 밝고 활기찬 분위기였는데.

입학 콘셉트에 따라 괴담 배경이 학교인 건 알겠지만.

"애초에 이 괴담을 왜 나폴리탄이라 부르는 거야?"

내가 묻자 윤찬이가 조용히 말했다.

"나중에 숙소 가면 나폴리탄 괴담이 뭔지 찾아서 알려 줄게요."

"고마워."

우리가 소곤거리며 한층 복잡해진 우리의 세계관에 대해 대화를 나누는 동안 김 실장님이 기획 팀과의 대화를 마치고 회의를 마무리했다.

"이번 주도 힘내 봅시다."

영이 선생님과 알뤼르의 컴백, 크로노스의 팬클럽 창단과 컴백 준비, 그리고 연말 시상식.

YMM은 최고로 바쁜 나날을 보내고 있는 와중이었다.

저녁, 크로노스의 연습실.

"완벽해!"

나와 고유준이 영이 선생님께서 직접 싸 오신 도시락을 먹고 있는 동안 영이 선생님은 안무 영상을 모니터하며 나이스를 외치셨다.

"불과 며칠 만에 표정도 안무도 너무 좋아졌다."

"감사합니다!"

"난 우리 소속사 애들이 하나같이 실력이 좋아서 예뻐. 어쩜 이 작은 소속사에서 이렇게 잘하는 애들만 뽑았을까. 그렇다고 얼굴이 못나기를 하나!"

아무래도 영이 선생님은 우리가 참 마음에 드신 모양이다.

선생님은 목에 걸어 두신 수건으로 얼굴의 땀을 완전히 닦고 우리의 맞은편에 앉았다.

도시락의 주먹밥을 먹던 나와 고유준이 손을 자동으로 멈추고 영이 선생님의 눈치를 보자 영이 선생님은 활짝 웃으며 도시락을 더욱 가까이 밀어주었다.

"맛있어? 많이 먹어."

굉장히 무서운 분이라고 들었는데 어떻게든 실수하지 않으려고 무던히 연습했던 우리의 마음을 알아주시기라도 한 건가. 특유의 강렬함 속에 포근함이 있었다.

"매번 도시락도 그렇고 이것저것 챙겨 주셔서 감사합니다."

"아니야. 아직 어린 애들이 이렇게 열심히 하는 거 보면 참 기특하고 그래서 챙겨 주고 싶더라."

영이 선생님에게 우리는 아들보다는 어린, 손주보다는 성숙한 어린이로 보이는 모양이다.

영이 선생님은 우릴 지켜보다 나지막하게 말했다.

"지금부터 몸 관리 잘해야 해. 되도록 잘 챙겨 먹고 스케줄 힘들면 힘들다고 말해 주고. 참지 말고. 우리 수환 실장님이 사람 무리하게 굴릴 성격은 아니지만."

"네엡."

눈꺼풀을 내리깐 영이 선생님의 표정이 굉장히 복잡해 보이는 이유는 무엇일까?

"……너희 실력 좋은 거 정말 부럽다."

"네?"

"아니야. 먹어, 그냥. 나 로아한테 전화 좀 하고 올게. 방해될까 봐 맡겨 두고 왔거든."

"넵!"

"어유, 피곤해."

영이 선생님은 일어나 어깨를 주무르며 연습실을 나섰다.

나와 고유준은 말없이 시선을 교환했다.

"……먹고 좀만 더 연습하자."

"그래."

하지만 아까 전 영이 선생님의 이상했던 분위기는 굳이 화제로 가져오지 않았다.

딱히 우리가 신경 쓸 일이 아니라고 생각했다.

잠깐 연락만 하고 온다던 영이 선생님은 그길로 오늘의 연습을 마무리했다.

이미 완벽한 연습. 더 해 봤자 컨디션만 떨어질 것이 뻔해서 우리도 한두 번만 더 맞춰 보다 숙소로 돌아갔다.

다음 날, 드디어 몰래몰래 연습하면서도 간간이 스포 했던 텐텐 메들리를 선보일 결전의 날이 다가왔다.

시원한 가을 느낌이 나는 브라운색의 베레모, 오버사이즈의 흰 티와 니트 조끼,

조금 현대에 맞춰 스타일이 바뀌긴 했지만 8090 느낌이 낭낭한 의상이었다.

내가 노출 없는 적당한 의상이라면 고유준은 팔 노출을 감행했다.

정말 8090스러운 나시 조끼. 처음 봤을 땐 조금 당황하긴 했는데 그나마 고유준은 팔근육 때문에 카메라로 보면 좀 나아 보일 거다.

"와, 누나. 여기다 레게 머리까지 하면 완전히 오리지널 90년대 아니에요?"

"에이, 유준아. 괜찮다니까?"

고유준이 팔을 교차시켜 자신의 횅한 팔을 감쌌다. 의상이 몹시 마음에 안 드는 모양이었다.

"차라리 나도 서현우처럼 귀여운 거로 해 줘요."

고유준은 비하인드 카메라 앞에서 열심히 투덜거리고 있는 중이었고 난 준비된 은팔찌를 끼고 삐져나온 머리를 베레모 안으로 집어넣었다.

"얘들아! 헐. 너희 완전히 그 시절로 돌아갔네? 그때보다 세련돼진 차림이긴 하지만."

대기실로 들어오신 영이 선생님 또한 우리와 맞춘 밝은 복장을 하고 계셨다.

우린 영이 선생님과 같이 사진을 찍고 대기실로 찾아온 헤일로 선배님과 인사를 나눴다.

"오우, 크로노스. 요즘 잘 보고 있어요."

"감사합니다, 선배님!"

"난 레나 라디오도 들었어. 다들 노래 잘하더라."

70년대 밴드 코스모스의 기타리스트 헤일로.

그는 현재 음악 활동을 하지 않고 있지만 현대에 이르러서는 기타리스트보다 음악 평론가로 더욱 유명한 사람이었다.

헤일로는 우리와 간단한 인사만 나누고 영이 선생님과 이야기를 나누려 함께 대기실을 나섰다.

"현우 씨, 유준 씨는 한번 더 안무 맞춰 보시죠."

매니저님의 말에 스태프들이 우리가 연습할 수 있도록 자리를 마련해 주었다.

"김 실장님이 말씀하셨듯이 신인 아이돌이 개인을 어필할 수 있는 몇 안되는 좋은 기회입니다. 특히 중소 기획사에게는 더욱이요. 최선을 다해서 임해 주세요."

"네!"

연습에 연습을 이어 가며 시간을 보낸 지 수 분, 영이 선생님이 대기실로 들어오시고 머지않아 스태프가 들어와 녹화가 시작됨을 알렸다.

"크로노스는 대기실에서 대기해 주시고요. 선생님께선 무대 뒤로 들어가실게요."

설레고도 긴장되는 순간이었다.

♪♫♪♫

─텐텐이 활동을 중단한 지 한참이나 지났는데도 이렇게 잊지 않고 찾아 주시니 저는 너무 감사할 뿐이죠.

─아유, 별말씀을요. 어떻게 텐텐을 잊을 수 있겠습니까? 텐텐은 제 추억 감성을 건드리는 영원한 전설입니다.

모니터 속 영이 선생님은 쑥스러움에 어쩔 줄 몰라 하시며 감사를 전했다.

라이브 안 한다 안 한다 화를 내시던 것과는 정반대의 카리스마 있으면서도 예의 바른 이미지.

머지않은 미래, 그녀가 본격적으로 예능에 나오기 전까지 영이 선생님은 이런 이미지였다.

"나 솔직히 이 방송 처음 봤는데 생각보다 재밌다."

고유준의 말에 내가 대답했다.

"한번 챙겨 봐 봐. 다양한 분야의 아티스트가 많이 나와서 흥미로운 방송이야."

교양 방송같이 차분한 형식의 토크에 은은한 유머. 솔직히 젊은 층이 챙겨 볼 만한 프로는 아니다.

아주 가끔 아이돌이 출연하는 경우가 있기도 하지만 대부분은 영이 선생님이라든가 인디 밴드, 외국의 DJ 같은 출연자들을 섭외해 평균 시청률은 매우 낮은 편.

하지만 토크 내용 자체가 유익하고 진행자 센스가 좋아 꽤 재밌게 보고 있다.

-자, 이제 드디어! 이 시간이 찾아오고야 말았습니다. 우리 선생님의 신곡 〈The single〉과 함께, 이번만 특별히! 무려 텐텐 히트곡 메들리를 들려주신다고 합니다.

진행자 헤일로의 멘트에 관객석에서 감탄사가 나왔다. 영이 선생님은 반응을 예상한 듯 씨익 웃었다.

-제가 사전 인터뷰를 보면서 깜짝 놀랐습니다. 이 〈헤일로의 음악 버스〉가 알고 보니 영이 선생님께서 텐텐의 곡을 처음으로 라이브 하는 날이라고 해요.

-네, 맞습니다. 부끄럽지만 그래요. 그 시절엔 라이브가 흔치 않았던 시대라. 그래서 텐텐의 곡이지만서도 신인 가수가 된 것처럼 참 긴장되면서 설레고 그렇네요.

―정말 기대가 되네요. 그럼 한번 들어 볼까요? 〈The single〉, 그리고 텐텐 히트곡 메들리입니다.

헤일로 밴드가 영이 선생님의 신곡 〈The single〉를 연주하기 시작했고 헤일로는 자신의 의자와 함께 무대 뒤로 들어갔다.

영이 선생님은 의자에 앉은 그대로 자신의 곡을 노래했다.

"크로노스분들 이동하실게요!"

그와 동시에 우리도 무대 뒤로 향했다.

스태프들이 다가와 마이크를 달아 주고 난 짐짓 심각한 표정으로 무대 풍경을 바라보았다.

익숙하지 않은 분위기였다.

오케스트라 공연이 있을 것 같은 고급스러운 홀과 라이브 밴드, 관객석의 나이대.

비밀 유지를 위해 일부러 스케줄을 늦게 공개했다. 그 때문에 방청석엔 크로노스의 팬은 없었다. 관객 대부분이 크로노스를 모를 중년층이니 긴장할 수밖에.

그저 입을 다문 채 노래를 부르는 선생님의 모습을 지켜보았다.

마침내 곡 〈The single〉이 끝났다. 감정에 취해 마지막 소절을 부른 영이 선생님의 입가에 특유의 카리스마가 가득한 웃음이 지어졌다.

그러곤 텐텐 메들리의 첫 번째 곡 〈두 번의 사람〉 MR이 흘러나왔다.

헤야 옴마 헤이 야움
에이야 움마 에이야 움
하이야 움마 아이움

익숙한 음악이 흘러나오자 관객석은 기대에 차 술렁였다.

선생님이 의자에서 일어나고 스태프들이 달려 나가 순식간에 텐텐 무대를 위한 추가 세팅을 마무리했다.

"크로노스, 무대로!"

커튼이 열리고 우린 〈두 번의 사랑〉 전주의 주문이 끝나자마자 무대로 달려 나갔다.

"어어?"

"오오!"

역시나 평소 크로노스의 무대에 나오는 환호는 아니지만 의외로 우리의 얼굴을 알고 있는 분들이 꽤 있는 모양이었다.

몇몇 사람들의 놀란 목소리가 들렸고 곧 차분한 환호와 박수 소리가 들렸다.

우린 영이 선생님의 주문대로 겉멋이 잔뜩 든 춤을 선보이기 시작했다.

팔을 좌우로 쭉쭉 뻗어 돌리고 테크노 비트에 맞춰 머리를 흔들었다. 사람들은 익숙한 춤이 보이자 그제야 곡을 제대로 즐기기 시작했다.

전주의 댄스 파트가 끝나고 나와 고유준은 좌우로 거리를 벌려 한쪽 무릎을 꿇었다.

우리들의 사이로 영이 선생님이 댄서들과 함께 로봇 댄스를 추며 걸어 나왔다.

이 곡의 트레이드마크라고도 할 수 있는 영이 선생님의 어색한 로봇 춤.

그 시절 그대로의 모습은 아니었지만 그럼에도 환호는 절정에 달했다.

너의 모습을 보는 순간 깨달았지
너와 나는 진득이 얽힌 운명이라고

영이 선생님의 파트가 길게 이어졌다. 우린 뒤로 빠져 댄서들과 함께 안무를 맞췄다.

영이 선생님의 긴 파트, 이후 있을 고유준의 랩 파트까지 운동보다 하드한 춤을 이어 가야 하는 지금이 메들리 중 가장 큰 고비다.

너와 헤어진 그날부터 다시 만나게 되는 날을 기다렸어
다시 만난다면 그건 필연이야
우린 다시 만났어

다시 한 번
아이돌

사실 이미 알고 있었어

운명인 거야

크게 점프하며 발 차기, 이후 락킹 댄스. 공간을 얼마나 많이 쓰는지 벌써 숨이 찼다.

진짜 이거, 지속적으로 하면 관절이 다 닳을 거다.

영이 선생님의 파트가 끝나고 선생님이 댄서들의 뒤로 자리를 이동했다.

나와 대칭을 이루어 춤추던 고유준이 센터로 나가며 랩을 시작했다.

너와 다시 만날 거라고 예감했어

헤어져도 결국 한 달을 채 못 버틸 것으로 생각했지

역시나 넌 내 앞에 나타났고

우린 두 번째 사랑하게 될 거야

고유준이 건들건들한 표정으로 랩을 마치고 뒤로 이동했다.

난 내 곁에서 함께 춤추던 댄서들을 이끌고 앞으로 나섰다.

모두 내 잘못인 것도 알아

난 널 화나게 했지만

헤어질 수 없단 걸 알고 있잖아

용서해 줘. 우리 다시 시작하자

사랑해

애절하게도 부르는 '사랑해'라는 파트에 내 얼굴이 클로즈업되었다.

난 익숙하게 카메라와 시선을 맞추고 눈을 내리깔았다. 동시에 조명이 바뀌고 두 번째 곡 <OH! MY LOVE>가 흘러나왔다.

YEAH! (YEAH)

전주와 함께 들리는 '예' 소리가 메아리처럼 울려 퍼졌다.

여전히 센터에서 클로즈업을 받고 있던 나는 표정을 바꿔 활짝 웃으며 카메라와 한번 더 시선을 맞추고 뒤로 빠졌다.

YEAH I Like you! you like me!

고유준이 과장된 목소리로 추임새 랩을 시작했다.

텐텐의 메가 히트곡답게 관객들을 추억 속으로 빠져 흥겹게 몸을 움직이며 가사를 따라 하고 있었다.

나는 영이 선생님이 가르쳐 주신 대로 세상에서 가장 행복한 해맑음을 유지하며 최대한 익살맞게 율동을 이어 나갔다.

나와 대칭되는 자리에서 영이 선생님 또한 예전의 그때로 돌아간 것처럼 흥겹게 춤을 추다 고유준의 곁으로 가 고유준의 어깨에 손을 얹었다.

넌 너무 똑똑해 그것이 매력이야
안경 낀 그 모습조차 아름다워

영이 선생님이 고유준을 보며 노래를 부르자 고유준은 넉살좋은 제스처로 놀란 척 입을 막았다.

Wow! My god!

고유준이 한번 더 추임새를 넣자 영이 선생님은 웃으며 고유준에게 손을 내밀었다.
모든 상황이 곡 특유의 장난스럽고 귀여운 분위기에서 진행되었다.

네 옆에 내가 있었으면!

고유준이 영이 선생님의 손등에 뽀뽀하는 자세를 취하며 선생님과 같이 오른쪽으로 빠졌다.
난 허리에 손을 얹고 양 어깨를 번갈아 으쓱이면서 센터로 나아갔다.

내가 맡은 파트의 원 멤버가 원래 인기가 좋았던 멤버였는지 앞으로 나가는 동안 어쩐지 환호성이 더 커져 있었다.

언제나 교실의 창가에 앉아 웃는 널 지켜보곤 했지
친구가 많은 너는 나 따위 쳐다보지도 않았어
난 자신이 없었어
너의 마음을 알 수 없었지
도도한 너, 이제 날 봐줘

내 파트를 마지막으로 또 곡이 바뀌었다. 마지막 곡은 〈푸른 바다의 그대〉.

난 카메라와 시선을 맞추지 않고 빠르게 자리를 피했다.

시원한 파도 소리와 함께 시티팝 특유의 전주가 흘러나오고 영이 선생님이 앞으로 걸어 나와 편하게 리듬을 타기 시작했다.

푸른 파도, 거품이 사그라들어요
시원한 바람과 내 옆의 당신
오늘처럼 즐거운 날은 없을 거예요

한글로만 지어진 가사. 통통 튀면서도 처연한 분위기의 노래는 카리스마 가득한 영이 선생님과는 살짝 동떨어진 느낌이었지만 그 당시엔 이 곡을 기점으로 영이 선생님의 이미지가 잠깐이나마 청순하게 바뀌었을 정도로 많은 사람들의 마음을 사로잡았었다고 한다.

신발을 벗고 당신과 손을 잡고
함께 바다의 차가움을 느껴요
아련한 수채화색 추억으로 영원히 간직하게 될 거예요

텐텐 시절의 곡이라고 해도 거의 영이 선생님 혼자서 부르는 곡과 다름없는 곡이다.

2절의 후반부 남자 멤버들의 파트가 몰려 있기는 했지만 오늘은 그 부분까지 부르지는 않았다.

우린 선생님 곁에서 다가오는 카메라에 어필만 잔뜩 하며 곡을 끝마쳤다.

"꺄아아아아악!"

"와아아아!"

텐텐이 레전드였다고 부모님 세대엔 모르는 사람이 없다는 이야기는 들었지만 이 정도일 줄이야.

메들리에 관객들이 기립 박수까지 보내며 좋아했다. 표정들은 보니 추억에 제대로 빠져든 모습이었다.

다행이다. 추억을 깨지 않을 정도로는 텐텐의 곡을 잘 소화한 모양이다.

"감사합니다!"

"감사합니다."

우린 허리를 숙여 연거푸 인사했다. 곧 무대로 의자가 들어오고 헤일로도 관객들과 같은 표정이 된 채 재등장했다.

－이야! 무대 정말 잘 봤습니다! 우리 신인 그룹 크로노스의 유준 씨, 현우 씨가 텐텐 특별 객원 멤버로서 함께해 주셨습니다! 모두 박수 부탁드립니다!

우린 스태프들에게 핸드 마이크를 받았다. 오늘 크로노스 인사 시작 구호는 고유준이 맡았다.

"둘, 셋! 크로노스입니다. 잘 부탁드립니다!"

아직 텐텐 무대의 여운이 가시지 않은 관객분들은 우리에게 박수갈채를 보내 주었다.

－네, 어서 오세요. 최근 최고의 인기를 누리고 있는 크로노스분들이신데 이대로 보낼 수는 없죠. 잠깐 앉아서 대화 나누고 가시죠.

"어우, 영광입니다."

"불러 주셔서 감사합니다."

우린 마련된 의자에 앉아 아직 거친 숨을 골랐다.

－자, 우선 대선배님과 함께 무대를 꾸미셨어요. 기분이 어떠세요?

내가 마이크를 들었다.

"저희가 같은 소속사라는 특권 덕분에 이렇게 대선배님과 함께할 수 있는 좋은 기회를 받았는데요. 같은 댄스 가수로서 평소 굉장히 존경하던 선배님이라 같이 무대에 섰다는 것 자체로 감격스럽습니다. 정말 영광입니다."

그러자 영이 선생님이 호쾌하게 웃으셨다.

"어우, 제가 더 영광이죠. 이렇게 잘생기고 멋진, 또 최근 우리 크로노스 후배들이 참 인기가 많은 친구들이잖아요. 제가 언제 또 이런 멋진 분들이랑 같은 무대에 서 보겠습니까?"

의례적이라고 할 수 있는 훈훈한 이야기를 주고받았다. 영이 선생님은 어떤 분이신지 어떤 일화가 있었는지 등등.

사실 짧은 시간 함께 연습했을 뿐이라서 있는 추억 없는 추억 다 끄집어내야만 했지만 헤일로의 표정을 보니 그럭저럭 만족스러운 일화를 내놓은 것 같다.

–그러고 보니 얼마 전 화제가 된 사진이 있었죠.

"사진이요?"

헤일로는 자신의 의자 밑에 준비된 커다란 사진을 꺼냈다.

"아."

"아학!"

아직 가라앉지 않은 숨을 몰아쉬던 고유준은 웃음이 터져 마이크를 든 손으로 제 입을 가렸다.

사진은 사과 머리를 한 채 시장거리를 돌아다니는 우리의 모습이었다.

무념무상의 표정으로 로아의 손을 잡고 걷는 내 모습이 얼마나 허탈해 보이는지.

　내가 한참이나 사진을 보고 있을 때 헤일로가 물었다.

　―이 사진이 SNS상에 화제가 되었는데 알고 계신가요?

　"네, 팬분들이 많이 올려 두셨더라고요."

　고유준이 말했다.

　―이게 어떤 상황인지 설명 부탁드립니다. 물론 너무 귀엽고 그런데 이렇게 다니신 이유가 있을 것 같아요.

　"이거 우리 손녀가."

　영이 선생님이 사진을 손가락으로 가리키며 살며시 웃었다.

　난 웃음 터진 고유준의 등을 치며 말했다.

　"영이 선생님을 처음 뵈러 간 날인데요. 선생님 손녀분께서 저희 멤버들 머리를 다 묶어 주었는데 풀지 말라고 하더라고요."

　"어유, 미안해 죽는 줄 알았어요. 손녀가 자꾸 고집을 부려서. 그래서 그때부터 미안한 마음에 맨날 도시락 싸 와서 크로노스 후배들 먹이고 그랬잖아요."

　"맛있게 잘 먹었습니다, 선배님."

　"잘 먹었습니다, 선배님! 머리 묶고 다닐 때는 좀 부끄러웠는데 그래도 팬분들이 사진 보고 많이 좋아하시는 것 같아서 이젠 괜찮아졌어요."

　고유준이 제 머리를 만지작거리며 말했다.

다시 한 번
아이돌

헤일로는 사진을 돌려 제대로 감상하곤 다시 관객들에게 보여 주었다.

－여러분, 귀엽지 않습니까? 크로노스는 팬분들 사이에서도 귀엽고 재밌으면서 또 무대를 할 때는 멋있는, 그런 매력으로 잘 알려져 있다고 합니다. 자, 이제 크로노스 여러분들을 위한 질문을 해 볼 건데요.

헤일로의 큐 카드가 넘어갔다.

－단도직입적으로 크로노스 여러분, 다음 컴백, 언제쯤으로 정해져 있나요!

이제 슬슬 인터뷰를 마무리할 때가 된 모양이다.

고유준이 준비한 답변을 꺼내 놓았다.

"확실한 일정이 정해진 것은 없습니다. 다만 좋은 모습 보여 드리기 위해 천천히 정성 들여서 준비하는 중이에요. 대략 내년 초가 되지 않을까 합니다. 허허."

－오오, 내년이면 두 달도 안 남았는데~. 또 연말 시상식 준비도 있을 거고 하니 다행히 우리 크로노스 여러분들은 계속 방송에서 볼 수 있겠네요.

"넵!"

"열심히 준비해 보겠습니다!"

컴백에 관한 이야기를 마지막으로 준비한 인터뷰가 모두 끝이 났다. 이제 마무리만 잘하면 돼! 살며시 긴장을 내려놓고 있을 때였다.

헤일로가 큐 카드를 덮고 나를 바라보았다.

―이건 준비된 질문은 아니고요. 제가 개인적으로 묻고 싶었던 건데요.

"네?"

―제가 음악 평론가로 활동을 하면서 이 곡 저 곡 가리지 않고 듣는 편인데 얼마 전 현우 씨가 솔로곡을 발표했어요. 그렇죠?

"앗! 네!"

―같은 크로노스의 멤버 주한 씨 작곡에 현우 씨가 작사, 피처링을 같은 방송에 출연했던 김진욱 씨가 하셨는데 개인적으로 너무 잘 듣고 있어요.

"아이고, 영광입니다. 감사합니다."

―이게 정말 신인들에게서 나올 수 있는 퀄리티인가 처음 들었을 때 그 느낌……. 그런데 이걸 무료로 푸셨어요.

"네, 맞아요."

―무료로 푸신 이유가 있나요?

"어음."

난 잠시 대답을 고민하다 말했다.

"이 곡은 저희 리더 주한 씨가 저에게 선물로 준 곡이에요. 저는 이 곡의 가사에 스스로를 향한 위로를 담았는데요. 온전히 저만을 위한 곡이라고 생각하기 때문에 나만을 위한 곡을 과연 정식으로 내도 될까 하는 생각이 있었던 것 같아요."

―현우 씨는 자신만을 위한 곡이라고 했지만 사실 많은 분들이 곡을 듣고 많은 위로를 받았을 겁니다. 〈원스 어겐〉 많이들 들어 주시길 바라요.

무대 뒤에서 스태프가 얼른 진행을 마무리하라는 신호를 보내왔다. 헤일로가 잠시 내려놓았던 큐 카드를 집어 들었다.

─정말 좋아하는 곡이니 다음에 우리 피처링해 준 김진욱 씨와 꼭 이곳에서 라이브로 들려주셨으면 좋겠습니다. 또 두 분 친하시죠?

……아니, 이건 좀.

쓰읍, 하.

난 영혼을 끌어 올려 미소 지었다.

"친합니다! 불러 주신다면 꼭!"

─넵! 기다리겠습니다. 오늘 우리 현우 씨와 유준 씨. 너무 감사드리고요. 다음엔 크로노스분들을 완전체로 모실 기회가 있었으면 하네요. 감사합니다!

"감사합니다!"

"즐거운 시간 되세요!"

우린 공손하게 인사하며 무대 뒤로 들어갔다.

"오늘 반응 굉장히 좋았습니다. 추후에 정말 추가 스케줄이 생길 수도 있을 거 같아요. 고생하셨습니다."

매니저님이 준 물을 마시며 우린 마이크를 스태프에게 건네주었다.

이것으로 우리의 첫 텐텐 활동이 마무리되었다. 하지만 스케줄이 끝났다고 오늘 우리의 일정이 마무리된 건 아니다.

"이제 어디 가요?"

"연습실로 이동합니다."

매니저님이 대답했다. 연말 특별 합동 무대 안무 비디오가
도착했다. 본격적으로 연말 무대 연습에 신경을 써야 할 때
였다.

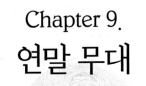

Chapter 9.
연말 무대

난 영이 선생님의 파급력이 이렇게 큰 줄 몰랐다.

한창 텐텐이 인기를 누릴 때엔 내가 태어나지도 않았을 시기이니 당연한 것이겠지만 방영도 되기 전 방청객들의 후기가 모이고 모여 실시간 검색어를 장악할 정도인 줄은 몰랐던 것이다.

〈헤일로의 음악 버스〉 촬영이 끝난 지 1시간 정도 지난 지금, '영이'는 검색어 1위, '텐텐' 2위, '크로노스 객원 멤버'는 3위를 차지하고 있다.

"검색어에 크로노스 객원 멤버래요. 이거 잘못 보면 크로노스에 객원 멤버 들어온다는 말 같네. 팬분들 보고 깜짝 놀라셨겠다."

"기사 내용을 보게 되면 팬분들도 좋아하실 겁니다. 유준 씨, 도착했습니다."

"네엡! 진성이 내려오라고 하면 돼요?"

"부탁드립니다."

차가 숙소 앞에 도착했다. 고유준은 보고 있던 매니저님의 휴대폰을 나에게 넘겨주고 차에서 내렸다.

"수고해라."

"어, 들어가라."

난 고유준에게 짧은 인사를 건네고 매니저님의 휴대폰을 켰다. 진성이가 내려오려면 조금 시간이 걸릴 테니 그 시간에 실검에 대한 고리들의 반응이나 살펴볼 생각이었다.

역시나 고리들은 실검을 뭐 이따구로 올려놓냐 욕하면서도 동시에 얼른 방송되었으면 좋겠다고 기대감을 내비치고 있었다.

"매니저님, 오늘 방송되는 거 선공개 같은 것도 될까요?"

"아직 이야기는 없었습니다. 원래 〈헤일로의 음악 버스〉는 선공개를 하는 프로그램이 아니라서요."

매니저님이 백미러를 통해 날 보며 살며시 미소 지었다.

"그런데 크로노스가 출연하게 됐으니 선공개 고려하고 있을지도요."

"아이, 뭐. 저희가 뭐라고."

"최고 인기 아이돌 그룹인데 출연한 만큼 분량 뽑으려면 뭘 못할까요."

어우, 매니저님, 생각보다, 조용조용하게 주접킹이시다.

분명 얼마 전까지만 해도 크로노스에 대해 "잘 모른다."라고 하던 사람이 언제부터 우릴 최고 인기 아이돌 그룹이라고까지 생각하게 되셨는지.

난 올곧게 운전대를 잡고 정면을 보고 있는 매니저님을 빤히 쳐다보았다.

그리고 곰곰이 생각하다 말했다.

"매니저님, 형이라고 불러도 돼요?"

"……네?"

매니저님의 당황한 눈동자가 백미러를 통해 보였다. 난 멀뚱한 얼굴로 말했다.

"저번에 고유준이 편하게 말하자고 했을 때, '조금 더 친해지면요.'라고 하셨잖아요."

"그랬었나요."

"임시라고는 해도 저희 매니저님 되어 주신 지 꽤 되셨고 크로노스 되게 좋아하시는 거 같은데?"

특히 나를.

"그냥 매니저님 말고 매니저 형, 수환 형, 매니저님은 현우. 이렇게 부르면 안돼요?"

같이 영이 선생님 라이브 계획도 세웠었고 뭘 좋아하는지도 알게 되었는데 이 정도면 편해질 때도 되지 않았나.

그러나 매니저님에게서의 대답은 쉽사리 돌아오지 않았

다. 어, 아직 시기가 좀 이른가? 많이 친해졌다고 생각했는데 아닌가.

고개를 기울여 매니저님의 눈치를 보고 있을 때.

"……그, 그렇게, 부르셔도 됩니다. 형이라고."

매니저님이 잔뜩 긴장한 채 말했다.

"……정말요?"

"네. 제가 현우 씨를 편하게 부르는 건 좀 그렇지만 형이라고는 처음부터 부르셔도 괜찮았어요."

"형. 네, 형."

매니저 형은 백미러를 통해 날 보며 고개를 끄덕였다.

나와 매니저 형이 훈훈한 분위기를 만들어 나가고 있을 때 차 문이 열리고 진성이가 안으로 들어왔다.

"매니저님, 현우 형, 많이 기다렸어요?"

"생각보다 일찍 나왔네?"

"당연하지. 오늘이 어떤 날인데!"

진성이가 주먹을 불끈 쥐고 투지에 불타올랐다.

그러고 보니 오늘은 진성이가 다리를 다친 이후 처음으로 연습을 재개하는 날이다.

얼마나 좋으면 저렇게 활짝 웃을꼬.

"안전띠 매세요."

"네! 근데 오늘은 크로노스 단체 연습은 안 하나 봐요?"

진성이의 말에 매니저 형이 고개를 끄덕였다.

"현우 씨랑 진성 씨 합동 무대 부분만 따로 연습할 거예요. 파트가 꽤 길어서 오늘은 그것만으로도 현우 씨 체력 소모가 엄청날 겁니다."

"안 그래도 벌써 좀 피곤하긴 했어요."

무대에 선 지 고작 1시간밖에 지나지 않았으니까. 체력적으로도 그렇지만 긴장한 탓에 정신적인 피로도도 있었다.

"일정 조절해 주셔서 감사해요. 매니저 형."

"당연한 겁니다. 도착할 때까지만이라도 좀 쉬세요."

"네."

'매니저 형'이라는 말을 꺼내는 순간 진성이가 끼어들고 싶어 안달 난 표정을 짓는 걸 봤다.

난 담요를 덮고 잘 준비를 하며 웃음이 나오려는 입을 꽉 다물었다.

내가 눈을 감자마자 역시나.

"언제부터 매니저 형이 됐어요?"

진성이의 징징거림이 벌써부터 드릉드릉하고 있었다.

"저도 그렇게 부르게 해 주세요! 현우 형이랑 유준이 형한테만 형이라고 부르게 하고! 저도 형이라고 부르고 싶어요!"

"어, 음, 그렇게 부르십시오. 전혀 상관없는데."

"형, 형! 저번에 유준이 형이 물었을 땐 '좀 더 친해지면'이라길래 거절인 줄 알고 영원히 못 부를 줄 알았어요. 형!"

기다렸다는 듯 열정적으로 형을 부르짖는 진성이와 대답

이 없이 그런 진성이를 부담스러워하고 있을 매니저 형.

　역시 요즘, 매니저 형을 보고 있는 게 내 유일한 유흥거리다.

　사무적인 것 같아도 은근히 소심하고 특이한 성격의 사람이라서.

　"······출발하겠습니다."

　"네! 형!"

　"······푸흡!"

　열정 과다 이진성 웃겨 죽겠네.

　차가 연습실을 향해 출발했다. 그와 동시에 이진성이 종알종알 매니저 형과 대화를 하기 시작했고, 난 그들의 대화를 들으며 서서히 잠에 빠져들었다.

　"깨우면 돼요?"

　"네, 부탁드립니다. 감사합니다."

　익숙한 목소리가 들렸다. 담요를 치우는 손길에 인상을 찌푸리자 두어 명 정도 되는 사람들이 키득거리며 내 몸을 흔들었다.

　"현우야, 현우야. 일어나자."

　"······도착했어요?"

　"응, 내려서 연습하러 가자."

이 다정한 손길……. 잠깐, 누구지? 눈이 번쩍 뜨였다. 파드득 놀라 몸을 일으키자 손을 치운 그들이 다정히 웃으며 날 바라보았다.

"다윈 형? 세연 형……. 뭐야?"

알뤼르의 다윈 형과 세연 형이 차 안으로 들어와 편안히 앉아 있었다.

이 사람들이 왜 여기에……?

내가 의아한 기색을 보이자 다윈 형이 내 잠을 완전히 깨우듯 등을 두드려 주며 말했다.

"같이 합동 공연 연습하러 왔지. 몰랐어?"

"우리 같이 해?"

"응, 각 그룹 댄스 멤버들 모이는 거잖아."

아아, 왜 그 생각을 못 했을까.

각 그룹의 댄스 멤버들이 다 함께 참가하는 거면 당연히 알뤼르도 참가하는 건데.

난 반가움에 활짝 웃었다.

같은 소속사끼리 한번에 안무를 맞춰 보려 일정 조정한 모양이다.

"내려, 얼른."

난 다윈 형의 말에 반사적으로 몸을 움직여 차에서 내렸다.

진성이는 이미 내려 매니저 형에게 자기가 얼마나 건강한지 어필하고 있었다.

"수환 형, 현우 깨웠어요. 올라갈게요."

"네, 부탁드립니다. 위에 안무가 선생님 기다리고 계세요."

"네. 가자."

크로노스끼리 있을 땐 주한 형이 리더라면 크로노스와 알뤼르가 함께 있을 땐 다윈 형이 자연스럽게 리더 역할을 맡게 된다.

특히 난 연습생 시절부터 다윈 형 리더 시절을 보냈던 터라 다윈 형의 지시에 거의 반사적으로 몸을 움직일 정도다.

"와, 크로노스 연습실 이렇게 좋은 데를 써? 왜 우리는 이런 데 안 해 주냐."

세연 형이 통유리 안으로 보이는 연습실을 보며 감탄했다. 그러자 다윈 형이 인상을 찌푸리며 세연 형의 옆구리를 찔렀다.

"야, 뭔 소리야. 우리 연습실 시도 때도 없이 업그레이드 리모델링하는데. 후배들 부담 주지 마라."

"부담 안 줬거등."

세연 형이 투덜거리며 연습실 문을 열었다.

"일찍 오셨네?"

연습실에서 기다리고 있던 안무가 선생님이 의자에서 일어나 다가왔다.

"안녕하세요! 어, 누나, 오랜만이에요."

"어어, 오랜만이다. 잘 지냈어? 저번 콘서트 이후에 처음이지?"

안무가 선생님, 알뤼르 형들과는 이미 아는 사이인 모양이었다. 안무가 선생님은 알뤼르 형들과 편하게 인사를 주고받고 뒤에서 뻘쭘히 인사 차례를 기다리고 있는 우리를 바라보았다.

"크로노스! 반가워요."

난 자연스럽게 시작 구호를 외쳤다.

"둘, 셋! 안녕하세요! 크로노스입니다! 잘 부탁드립니다!"

긴장 바짝 한 나와 진성이의 인사에 안무가 선생님은 만족스럽게 미간을 찌푸리며 감탄사를 내뱉었다.

"크으, 신인의 풋풋함. 이런 귀요미들이 있어야 또 가르쳐 줄 맛이 있다니까?"

"에이, 누나, 크로노스 애기들이 귀여운 건 아는데 우리도 막내 세연이 데리고 왔는데요."

"세연이 나이가 몇 살이냐. 별로 안 귀여워."

"너무하다, 너무해."

우리만 빼고 편안하게 안부를 주고받는 분위기 속, 난 눈치를 보며 그저 조용히 눈동자만 굴리고 있었다.

다원 형이 눈치를 보는 나와 진성이를 보곤 픽 웃었다.

"누나, 애기들 뻘쭘해한다. 얼른 연습 시작해요."

"아, 그럴까? 바쁘신 분들 억지로 일정 맞춰서 왔으니까 최대한 쉽고 빠르게 가르쳐 줄게요."

"넵!"

"다들 춤 한가락 하는 사람들이니까 잘할 수 있을 거야. 우선 현우는 다른 팀! 잠시 빠지고 다윈이, 세연이, 진성이 가운데에 서 보자."

"네!"

난 거울 앞 안무가 선생님의 곁으로 빠지고 나머지 멤버들이 연습실 가운데에 섰다. 안무가 선생님이 멤버들 사이를 돌아다니며 대형을 맞춰 주었다.

"시작할게요."

본격적인 연말 KEW 가요시상식 특별 무대 안무 연습이 시작되었다.

진성이가 알뤼르 형들과 안무 연습을 하는 동안 난 노트북으로 내가 해야 할 안무를 미리 확인했다.

왜 나만 따로 팀이 나뉘었는지 알았다.

진성이가 연습하고 있는 박력 있는 댄스와는 달리 내가 춰야 할 춤은 평소 내 춤 이미지와 맞는 섬세하면서도 선을 살린, 현대무용을 결합한 춤이었다.

앉은 채로 손과 발을 움직여 안무를 따라 해 보았다. 아무래도 연습이 진행되는 동안 유연성을 좀 키워 두는 게 좋을지도.

일어나서 가볍게 스트레칭하고 있자 멤버들을 가르치던

선생님이 다가와 내 등을 꾹 눌렀다.

"으윽!"

"할 거면 제대로 해. 깔짝깔짝하지 말고."

"아, 선생님, 아악, 아!"

내 상체가 완전히 접혀 폴더가 되기 직전이다.

"진성이 무릎 너무 굽혔다!"

"네!"

멤버들은 내 모습에 키득거리며 계속 연습을 이어 나갔다.

약 1시간, 멤버들의 연습이 끝나고 한참 동안 기다리던 내 차례가 되었다.

"현우는 중간에 서."

"어, 제가 센터에요?"

그 많은 아이돌 그룹 중에? 내가 묻자 안무가 선생님은 고개를 저었다.

"모르겠어. 포지션이 안 정해졌다길래 일단 중간에 두고 연습시킬 거야. 몸 많이 풀었지?"

"네!"

"고개 숙인 채로 시작한다."

"네."

아까 전 무려 1시간의 대기 시간 동안 몸을 풀며 계속 안무 영상을 봤던 터라 디테일적인 부분을 제하면 거의 다 외워 두었다.

"고개 천천히 들고 허리 휘면서 한 발 뒤로 차고 돌아! 조금 빠르게!"

그 덕분인지 진도도 빠르게 나아가 곧 음악을 틀고 연습할 수 있게 되었다.

"현우가 원래 이렇게 외우는 게 빠르던가?"

다원 형의 감탄 어린 목소리에 힐끔, 멤버들을 바라보자 마침 진성이가 형의 말을 부정하며 고개를 젓고 있었다.

"아니요. 저 형, 경연 프로에 나간 이후부터 엄청 빨라졌어요. 갑자기 저렇게 실력이 늘 수도 있구나 감탄했다니까요."

"그래? 기특하네. 하긴 요즘 방송 보면 현우 거의 날아다니긴 하더라고."

"선배님, 저는요?"

"하하, 진성이는 더 날아다니지! 다리는 괜찮아?"

아니 언제 저렇게 친해졌대? 진성이는 어느샌가 다원 형에게 살갑게 말을 걸고 있었다. 그 와중 난 허공에 손을 뻗으며 없는 상대를 향해 애절한 동작을 선보였다.

"거기서 한쪽 다리 접으면서 점프! 자리 이동해야지!"

"누나, 현우가 하는 거 무용 아니에요?"

"그런 느낌만 낸 거지. 진짜 무용을 일주일 만에 어케 하니. 현우! 우아함이 덜해!"

우아함을 챙길 정신이 없다아! 내 몸은 유연성이 덜했고 자세를 유지하는 것만으로도 지금 최선을 다하고 있는 거다.

머릿속 안무는 분명 다 외웠는데 이론과는 달리 몸이 안 따라 주는 경우라 할 수 있다.

이미 연습을 끝낸 자들의 대화 소리는 계속해서 들려왔지만 난 여유가 없었다.

"으윽!"

허리 삔 거 같은데 착각인가.

크로노스의 춤은 그래도 이 정도로 유연성을 필요로 하지는 않는데.

"여기서 머리 한 번 돌리는데 머리카락도 함께 돌린다는 생각으로!"

"머리카락도 함께요?"

연습을 속히 진행하면서 깨달았다, 난 이번 일주일 내내 온몸에 근육통을 일으키며 연습할 것이란 걸.

하지만 연말 무대가 아니면 이런 익숙하지 않은 장르의 춤은 출 기회가 잘 없으니 오히려 즐거웠다.

그로부터 1시간 후, 아직 디테일이나 나만의 색 없이 따라 하는 게 고작이라도 오늘의 안무 연습은 원래 계획된 진도보다 훨씬 앞서 나간 채 마무리되었다.

"역시 경연 프로로 다져진 아이돌인가? 진성이도 그렇고 외우는 게 빠르네. 일주일도 넉넉하겠다, 애들아."

"누나, 저희 칭찬은 왜 안 해 줘요?"

알뤼르 형들의 말에 안무가 선생님이 털털하게 웃었다.

"너희 데뷔 몇 년 차냐. 너희는 잘하는 게 당연하잖아. 얼른 해산! 알뤼르는 이후 스케줄 잡혔다며."

그 와중에 스케줄까지 소화한다니 정말 대단하다.

난 매니저와 함께 서둘러 짐을 챙겨 나가는 알뤼르 형들에게 엄지를 치켜들어 주고 천천히 일어났다.

진성이가 땅바닥을 기어 나에게 다가왔다.

"형, 좀 더 연습하다 갈 거야 아니면 바로 숙소 들어갈 거야?"

"너는?"

"나는 좀 더 연습할래. 춤추는 거 너무 오랜만이고 다른 그룹들이랑 같이 하는데 명색이 크로노스 메인 댄서인데 단체 연습 전까지 완벽하게 익히고 가야지."

"그럼 나도 좀 더 하고 갈게. 일단 좀만 쉬고."

나는 진성이와 마찬가지로 땅을 기어 거울로 향했다. 짐을 챙기던 안무가 선생님이 호쾌하게 웃으시며 매니저 형에게 말했다.

"크로노스는 처음 맡았지만 애들이 다 열심히 해서 좋네요."

"그렇죠. 열심히 하는 멤버들입니다."

"사실 저는 열심히 하는 것보다 잘하는 애들을 더 좋아하는데 열심히 잘하는 애들은 더더욱 좋아요. 크로노스 귀엽네요."

들으라고 한 소리는 아닌 거 같지만 어쨌든 연습실은 조용했기에 선생님의 칭찬은 또렷하게 들렸다. 두 사람의 대화를 듣는 진성이가 그들을 등진 채 씨익 웃었다.

"애들아, 수고해!"

"감사합니다!"

진성이의 표정을 보지 못한 안무가 선생님은 크게 손을 흔들고 연습실을 나섰다.

안무가 선생님이 나가고 내가 곧장 진성이 몫의 곡을 재생하려고 할 때, 매니저 형이 빠르게 다가와 말했다.

"고생하셨습니다. 아까 전 연습하고 계실 때 갑작스럽게 연락을 받았습니다만 KEW 측에서 단체 연습실을 제공할 예정이라고 합니다."

"단체 연습실요?"

"YU 사옥의 연습실로 잡힐 모양인데 연습하는 모습을 영상으로 담아 갈 모양이에요."

"오오, 뭐 좋죠."

매니저 형이 고개를 끄덕였다.

"그냥 찍는 건 아니고 예능으로 분량도 뽑는다고 하는데요. 자세한 내용이 나오면 말씀드리겠습니다."

"넵!"

카메라가 들어오는 건 환영이지. 우린 대수롭지 않게 고개를 끄덕이고 연습을 재개했다.

이때만 해도 난, 앞으로 일주일간 나에게 어떤 고난이 찾아올지 꿈에도 생각하지 못했다.

늦은 저녁, 진성이는 먼저 숙소로 돌아가고 난 곧장 회사로 향했다.

회사 내부에 있는 도 PD님의 작업실.

그곳에서 도 PD님과 주한 형, 그리고 나는 심각한 얼굴로 작업 프로그램을 노려보았다.

"어때? 괜찮은지 안 괜찮은지 그것만 말해."

주한 형의 말에 난 고개를 저었다.

"으음, 후렴구가 부족해."

그와 동시에 주한 형이 책상에 머리를 박았다.

콰앙!

"아니 이 사람아! 아이돌이 이마를 박으면 어떡해!"

그것도 엄청 세게.

"여기서 더……? 제가 할 수 있을까요? 타이틀곡 만드는 게 이렇게 힘든 일이었어요?"

주한 형이 이마를 박은 그대로 고개만 돌려 도 PD님을 바라보았다. 그러자 도 PD님은 태연하게 고개를 끄덕였다.

"당연하지. 곡 하나가 쉽게 만들어지는 줄 알았어?"

"그건 아니지만요. 갈 길을 잃었어요. 여기서 더 뭘 해야 할지 모르겠어요. 아니면 뭘 더 빼요?"

"뭘 더 뺄 필요는 없는 거 같고. 흠……."

"하아……."

주한 형이 또 책상에 머리를 박을 기세길래 난 빠르게 손을 뻗어 주한 형의 머리와 책상 사이에 집어넣었다.

쿵! 내 손에 둔탁한 통증이 일었다.

"아야!"

"아, 미안……. 내 머리 박으려다가. 괜찮냐?"

"어, 제발 땅굴 파고들지 말아 봐. 노래 진짜 좋아."

다만 후렴구의 벅참이 좀 부족할 뿐. 크로노스는 후렴에서 분명 하이라이트 댄스 브레이크를 할 것인데 그러기엔 뽕이 부족하달까. 그런 느낌이었다.

"으음."

이 노래에 뽕을 넣으려면 뭐가 좋을까. 우리 세 사람은 머리를 맞댄 채 고뇌에 빠졌다.

한참이나 이어지는 침묵.

그러나 여전히 답이 나오질 않자 주한 형이 한숨을 쉬었다.

"이제 와서 후회해도 늦긴 했는데. 하아…… 욕심이 지나쳤어. 내 한계가 너무 분명해서 열 받아."

그러면서 다시 책상에, 아니 내 손에 머리를 박았다.

쿵!

"아, 형! 진짜 다친다니까?"

내 손을 통해 책상에선 둔탁한 소리가 났다.

……잠깐, 둔탁한 소리?

주한 형이 머리를 박을 때 들리는 둔탁한 소리……? 갑자기 머릿속에 문득 아이디어가 떠올랐다.

"저, 의견인데요."

"어어, 뭔데? 뭐든 말해 봐."

도 PD님이 화색이 되며 말했다. 난 조심스레 입을 열었다.

"간단히 드럼 소리만 박는 거 말고 진짜 전문 드러머를 섭외하는 건 어떨까요? 아니 드러머뿐만 아니라 밴드 전체를. 아예 곡 분위기 자체를 밴드에게 맡겨 버리는 거예요."

마침 미친 텐션의 드러머로 생각나는 인디밴드가 있었다.

드럼스틱을 손안에서 사정없이 돌려 대고 헤드뱅잉을 서슴지 않으며 드럼을 치는 것으로 한때 이슈가 되었던 사람.

그뿐만 아니라 밴드 자체가 특유의 시원하고 신나는 곡과 주체 못하는 끼로 한동안 방송계를 휩쓸었다.

물론 미래의 일이다. 내가 키운 제자들과도 한번 작업을 한 적 있었고 듣기로는 유명 예능 프로그램의 마지막 화에 출연하기 전까지는 10년 가까이 취미로만 이어 가며 무명 생활을 전전했다고 들었다.

소속사 운이 없어서 그렇지 실력이 확실한 밴드라서 그들이라면 단순히 곡에 악기를 얹는 것뿐만 아니라 편곡 수준의 고퀄리티 비트를 만들어 줄 것이다.

다만 문제는 이 시점의 그들을 찾으려면 홍대 바닥을 죄다 뒤져야 한다는 것.

수소문은 피로한 일이더라도 일단 하이라이트 부분, 곡의 파트를 쌓아 가며 격정적인 반주의 최고점에 다다랐을 때 그들의 일렉 기타와 드럼 소리에 맞춰 춤추는 우리들의 모습을 상상해 보았다.

오우, 이건 해야만 했다.

하지만 그 전에 아직 설명이 더 필요한 표정인 도 PD님과 주한 형, 두 사람에게 내 머릿속 생각을 설명해야만 했다.

"이게 무슨 느낌이냐면요. PD님 죄송한데 후렴구 부분 좀 틀어 주실 수 있으세요?"

"어. 잠깐만."

PD님이 마우스를 몇 번 움직이더니 곡의 중간부터 틀어 주셨다.

난 곡을 듣고 있다 손바닥으로 빠르게 책상을 두들겨 댔다.

"이 부분에서 우린 댄스 브레이크를, 일렉 기타가 애드리브로 제 실력을 완전히 발휘해 주고 드럼 소리가 휘몰아치는 거예요. 반주에 빈 곳 없이 밴드 소리로 꽉."

마치 댄스 브레이크 부분은 밴드만의 공연인 것처럼 말이다.

그에 맞춰서 우린 춤을.

밝고 활기찬 설렘, 첫사랑과의 조우, 새로운 만남에 대한 기대, 동시에 졸업하고 어른이 되는 이들에 대한 힘찬 응원.

격정적일수록 듣는 이들에게 각자의 해석을 할 수 있는 부분이 될 거다. 더욱이 내가 생각한 밴드는 이를 완벽하게 구현할 능력이 되는 사람들이고.

그 덕분에 미래, 유명 예능의 마지막 무대를 장식하며 많은 이들의 눈물을 짜내지 않았던가.

"홍대 라이브카페에서 공연하는 실력 좋은 밴드가 있어요. 도 PD님께서 꼭 그분들을 봐 주셨으면 해요."

난 도 PD님의 컴퓨터를 빌려 그들의 영상을 찾아보았다. 마니아 팬층이 있는 것으로 아는데 그럼 공연 영상도 한두 개쯤 존재하지 않을까.

"아, 여기 있다."

"뭐야. 나 얘네 알아. 홍대에서 알음알음 하는 애들인데 현우는 얘네 어떻게 알아?"

"저도 알음알음."

"너희 모니터 정말 많이 하는구나. 흐음."

도 PD님은 턱을 괸 채 짧게 고민하다가 고개를 끄덕였다.

"이 친구들이면 실력은 괜찮지. 곡에 어울릴지는 모르겠지만."

"공연에서 유명한 곡 몇 개 들고 와서 밴드 커버하기도 하고 하더라고요. 되게 잘하던데."

"일단 몇 번 이야기 나눠 보긴 했거든. 만나 볼게. 성에 찰지는 모르겠다만."

"부탁드립니다."

도 PD님은 그 외에도 밤늦게까지 주한 형의 곡을 우리들의 앞에서 직접 만져 주곤 작업을 마무리했다.

"현우가 생각보다 센스가 좋네. 프로그램 만져 볼 생각 있으면 말해. 어떻게 하는지 가르쳐 줄게."

"네! 엄청 관심 있어요! 연말 무대 끝나면 꼭!"

도 PD님은 작게 미소 지으며 얼른 나가 보라 시크하게 손짓하셨다.

주한 형은 미완성이라도 재탄생한 곡이 마음에 드는지 작업실에 처음 들어올 때보다 표정이 좋았다.

형은 내 얼굴을 보곤 안쓰러운 듯 등을 퍽퍽 쓸어 주었다.

"현우가 고생이 많네."

"뭐가?"

"연말 시상식 연습에 작곡까지. 괜히 쉴 시간 뺏은 건 아닌가 모르겠어. 형은 많이 도움 받고 있지만."

난 고개를 저었다.

"아니야. 너무 하고 싶었어. 나도 내 욕심이니까 좀 무리하는 거지 뭐."

형은 그저 말없이 고개만 끄덕였다. 무리하지 말라고 말하고 싶지만 시기가 시기인지라 무리할 수밖에 없는 상황. 그저 안쓰러움만 표하고 있었다.

"형이 열심히 서포트할게."

"곡 만드는 형이 젤 고생이지. 난 잠이라도 자는데 형은 맨날 밤샘 작업하잖아."

서로의 건강을 걱정하는 동안 우리는 어느새 주차장에 도착해 매니저 형의 차에 올랐다.

"어어! 크로노스 차다!"

"거봐! 내가 여기 올 거라고 했지?"

주차장에서 나오기 무섭게 어디서 숨어 있었는지 사람들이 나와 이곳으로 다가왔다.

매니저 형이 한숨을 쉬었다.

"무시하고 그냥 갑니다. 창문 내리지 마세요."

"네."

회사에서 숙소까지 걸어서 5분 거리. 경연 프로 초반까지만 해도 5분 거리를 걸으며 편의점도 들르고 나름의 추억을 쌓았었는데 회사 앞이나 숙소 앞이나 이젠 마음 놓고 걸어다니긴 힘든 상황이 되어 조금 슬픈 기분이 들었다.

사흘 정도 알뤼르 형들과 진성이 그리고 나, 넷이서 연습을 이어 가다 급하게 단체 연습 겸 촬영 일정이 잡혔다.

장소는 매니저 형이 말한 대로 YU 사옥 내의 연습실, 이 곳에서 일주일간 내로라하는 인기 아이돌 그룹 댄스 멤버들과 함께 특별 무대를 연습하게 될 것이다.

그중에서 크로노스는 막내, 물론 스트릿센터나 하이텐션의 멤버들도 있겠지만 두 그룹의 댄스 멤버들 또한 나와 그다지 대화를 나눠 본 적 없는 멤버들이었다.

그러니 연습실로 향하는 이 시간이 너무나 긴장될 수밖에.

알뤼르를 포함해 선배들 또한 대거 포진해 있을 테니 〈픽 위업〉 때보다 걱정은 더했다.

"뭘 걱정하고 그래? 걱정하지 말고 기 죽지 마! 당당해야지?"

우리를 격려하는 다윈 형의 말에 한숨을 쉬었다.

"……형이 그런 말 하니까 더 걱정하는 거야."

정말 걱정 안 해도 됐으면 다윈 형은 아마 "다 좋은 사람들이니 괜찮아."라고 했을 거다.

연예계가 어떤 곳인가.

지금 모이는 사람들은 어떤 사람들인가.

다들 자존심 높고 댄스에 일가견 있는 사람들로서 기 싸움이 장난 아닐 거다. 연습생들끼리 꼼지락거리던 경연 무대랑은 다른 분위기.

신경 날카롭고 예민한 분위기는 트레이너 시절 제자들을 챙기면서 몇 번 목격한 적 있었는데 이걸 그들의 후배 가수로서 겪어 내게 될 줄이야.

"에이, 현우 형, 왜 그렇게 긴장해? 그냥 새로운 사람들 만나는 거 아니야?"

진성이한테는 그저 새로운 사람을 만나는 설레는 일일 뿐일 것이다.

나는 〈픽위업〉 때도, 어떤 스케줄을 소화하든 적응하기까지 시간이 좀 걸렸다. 만나는 사람이 많아질수록 점점 나아지고는 있지만 회귀 전엔 만나는 사람마다 내 얼굴을 보며 놀라곤 했으니 그 트라우마는 역시 쉽게 사라지진 않으니까.

"도착했습니다."

매니저 형은 차의 시동을 끄고 안전띠를 푸는 우릴 돌아보았다.

"알뤼르 여러분, 부담되실지도 모르지만 크로노스 잘 챙겨 주세요. 부탁드립니다."

"걱정 마세요. 이 녀석들 오늘이 아니라도 항상 챙기는 애들이니까."

다원 형이 말하자 그제야 매니저 형은 안심하고 우릴 보내주었다.

우린 다원 형의 인솔 아래 연습실로 향했다.

"안녕하십니까!"

"안녕하십니까!"

만나는 사람들에게 전부 90도 인사를 건네느라 한참이 걸려서 도착한 연습실.

"실례합니다."

다윈 형이 연습실 문을 열자마자 무표정한 각 그룹 멤버들의 시선이 한꺼번에 쏟아졌다.

"어, 안녕하세요. 선배님."

"안녕하십니까?"

"여어, 알, 뤼이, 르!"

모두 음악 방송 대기실에서 또는 TV를 통해 본 적 있는 선배님들이 알뤼르 형들에게 다가와 인사를 건넸다.

모두 친한 기색이라 우린 뒤에서 손을 가지런히 모은 채 미소를 유지하며 그들이 우릴 바라봐 줄 때까지 기다릴 뿐이었다.

그리고 잠시 뒤.

"여기 우리 후배들. 방송에서 많이 봤지?"

"어우, 많이 봤죠. 크로노스 실제로는 첨 봐요, 저희."

다윈 형의 소개가 있고서야 선배님들의 시선이 우리에게 돌아왔다.

"안녕하십니까! 선배님!"

"응, 노래 잘 듣고 있어. 무대도 멋있더라."

"감사합니다!"

"잘 부탁해."

우리와 간단히 아주 짧은 대화를 주고받은 선배님은 우리에게 그다지 관심 없는지 살짝 고개만 끄덕이곤 다시 알뤼르 형들과 대화를 나눴다.

"현우야, 진성이랑 앉아 있어. 형들 다른 그룹 멤버들이랑 이야기 좀 나누고 올게."

"넵, 선배님."

난 다원 형에게도 공손히 인사하곤 그나마 얼굴이 낯익은 스트릿센터 옆으로 가 앉았다.

"안녕하세요. 오랜만이네요."

"아, 네. 잘 지내셨어요?"

그렇다고 스트릿센터의 댄스 멤버들이 편하다는 건 아니고.

아무튼 이 분위기. 선배들이 잔뜩 계시고 후배들은 비교적 섞이기 힘든, 더구나 여기저기 카메라까지 설치되어 있는 상황.

이 순간 나는 결심했다.

최대한 사리고 사리고 사리며 조용히 이 연습을 끝마치자고. 어디 감히 선배님들 앞에서 후배가 눈에 띌 수 있겠어. 그것도 카메라까지 버젓이 있는데.

하지만 어디 내 인생이 다짐대로 흘러가던가.

그룹 모두가 모이고 약 30분 정도 시간이 흘렀을 때 안무가 선생님이 문을 벌컥 열고 연습실 안으로 들어왔다.

"안녕하세요! 자 자, 안부 인사 다 나눴으면 모이자!"

"넵!"

선생님의 말에 멤버 모두가 연습실 가운데로 모여들었다. 선생님은 멤버들을 크게 둘러보더니 고개를 끄덕였다.

"절 아는 분도 있을 거고 모르는 분들도 있을 거예요. 저는 이번 특별 무대 총괄 안무를 맡은 서지혜라고 해요. 그리고 옆에는 저스틴. 함께 안무 지도를 해 주실 선생님이세요."

저스틴 선생님께서 영어로 뭔가 굉장히 길게 말씀하시긴 했는데 솔직히 그중 반절도 못 알아들었다.

알아들은 것만으로 유추해 보자면 첫 번째 파트를 맡았다, 아임 저스틴, 랭귀지는 통하지 않지만 위 아 더 원, 아이 빌리브, 댄스로 커뮤니케이션이 가능할 것을, 정도.

대충 '아, 첫 번째 파트면 나를 가르쳐 줄 선생님이시구나.' 하고 파악하고 있을 때 진성이가 내 옆구리를 찔렀다.

"형, 무슨 말인지 알아들었어?"

"응? 뭐, 안무 선생님이시라고."

"아아."

우리의 대화를 들은 세연 형이 낄낄거렸다.

"현우, 설명해 주기 귀찮았구나."

저스틴 선생님의 말이 끝났다. 서지혜 선생님은 큰 결전을 앞둔 사람처럼 한숨을 쉬곤 허리에 손을 얹었다.

"이제 본격적으로 연습을 할 건데요. 우선 첫 번째 파트. 미리 연습해 온 친구들이 있을 건데 일어나 볼까?"

나는 눈치를 보며 주섬주섬 자리에서 일어났다.

내 주변에 앉아 있던 선배님들이 날 바라보았다. 으윽, 긴장돼. 하지만 난 꿋꿋이 아무렇지 않은 척 그들의 시선을 버텨 냈다.

그런데 뭔가 조금 이상했다.

첫 번째 파트를 맡았다며 일어나는 사람은 스무 명 중 총 다섯 명, 두 번째 파트에 비해서 멤버 수가 현저히 적은 것 같은데.

내 생각을 알기라도 한 듯 서지혜 선생님이 말했다.

"첫 번째 파트는 저스틴이 직접 멤버들을 선별했어요. 춤 선이 고운 친구들."

"오오! 춤! 선!"

선생님의 말을 들은 각 그룹 멤버들이 격하게 리액션하며 각자의 그룹에서 일어난 멤버들을 흔들어 댔다.

그러자 저스틴과 서지혜 선생님이 의미심장한 웃음을 냈다.

"하지만 여러분도 알다시피 아직 첫 번째 파트의 대형이 정해지지 않았어요. 저스틴 선생님이 직접 외워 온 안무를 보고 결정하고 싶다고 하셔서."

저스틴 선생님은 긍정하듯 무한 고개 끄덕임을 보이셨다.

해외 안무가에게 선후배 관계나 팬들의 눈치는 상관없는 부분인 듯하다.

그렇다면 나도 잘만 하면 비중 있는 자리에 들어갈 수 있다는 이야긴가?

솔직히 이 이야기를 듣기 전까진 막내 그룹이라 비중이 전혀 없을 것으로 생각했었다.

"그래서 첫 번째 파트의 대형은 연습을 진행하는 동안 정하도록 하겠습니다. 그렇게 알고 연습 시작할까요?"

"네엡!"

첫 번째 파트의 대형은 연차가 아닌 실력에 따라 정한다.

'사리자는 개뿔.'

또 이놈의 '후회하지 말자' 욕심이 속을 뒤집어 놓기 시작한다.

방송에 익숙한 베테랑 아이돌들답게 빠른 대답으로 몸을 일으키는 사람들.

하지만 그 잠깐 사이 난, 나를 스쳐 가는 시선들을 느꼈다.

데뷔조 오디션 때 우리 멤버들에게서 받았던 딱 그 시선들이었다.

내게는 하늘 같은 선배님들이지만 그들 입장에서 생각하면 나는 최근 가장 화제가 된 신인 그룹, 그중에서도 임팩트 있는 독무를 가져간 멤버이니 내 존재가 마냥 번외 격 인물로만은 보이지 않을 터다.

카메라가 들어와 있으니 연습이 시작되기까지 한참이 걸린다.

안무가 선생님과의 만남으로 한 컷. 오케이 사인이 떨어진 후 카메라 재세팅을 위해 빠르게 휴식 시간이 돌아왔다.

아직 우린 아무것도 한 게 없는데. 아무래도 오늘은 연습 이외의 일로 연습 시간이 매우 길어질 것 같은 예감이 들었다.

"형…… 진짜 너무 무섭다, 여기."

진성이가 내 팔을 붙들며 소심하게 말했다.

"무서울 건 없지만……."

확실히 선배들의 기세에 신인은 압도될 수밖에 없는 환경이긴 하다.

다른 소속사 신인들은 직속 선배가 두세 그룹은 있어 화기애애하다. 하지만 그들은 이따금 이곳, 특히 나와 진성이를 힐끔거리곤 했는데 보나 마나 이번 특별 무대에 관해 이야기하고 있는 것일 테다.

하지만 우리도 직속 선배가 있다 이 말이야.

"너희…… 왜 그러고 있어?"

다원 형이 물었다. 나는 대답했다.

"낯가려서."

다윈 형과 세연 형 뒤에는 내가, 내 뒤에는 진성이가 반쯤 숨은 채 연습실 눈치를 보고 있는 중이다.

저런 경계로 가득한 눈길들을 받으면서 당당히 있는 건 또 어렵지.

"……그래, 너희 하고 싶은 대로 해라."

세연 형은 귀찮은 듯 한숨을 쉬면서도 우릴 그냥 내버려 두었다.

난 두 사람의 뒤에 숨은 채 함께 첫 파트를 맡은 멤버들을 둘러보았다.

함께하기로 한 네 명 모두 방송에 나가면 진행자가 무조건 댄스를 시킬 정도로 업계에서 춤꾼으로 소문난 사람들이다.

그로 인해 그들의 팬들도 해당 멤버에 대한 자부심이 상당한 편이고.

이런 상태에서 신인 나부랭이인 내가 가장 많은 비중을 차지할 대형에 서는 건 거의 불가능에 가까웠다.

저들은 YMM의 연습생들처럼 패기로 승부를 볼 수 있을 만한 어지간한 실력도 아니고 뒤를 단단히 지키고 있는 팬들도 좀 무섭다.

하지만 돌파구가 없는 건 아니다.

"형, 오랜만이네? 컴백한 거 봤어. 이번에도 역시 크으……."

YU엔터테인먼트 소속 그룹 넥스트의 멤버 이동우가 알뤼르 형들에게 다가오며 엄지를 추켜들었다.

나와 함께 첫 번째 파트를 맡은 멤버 중 하나였다.

다원 형은 가볍게 웃으며 고개를 끄덕였다.

"고맙다. 너흰 컴백 언제야? 요즘 뜸하네."

"그러니까. 우리도 궁금해."

이동우는 자연스레 알뤼르 사이에 앉아 대화를 나누기 시작했다.

"뭐, 최근 우리 쪽에 신예 하나 나왔잖아. 그쪽 케어하느라 우리 쪽 컴백은 밀려났나 봐."

"에이, 그런 게 어딨어."

"여긴 있어. 그룹 수가 워낙 많아서 쟁쟁한 후배한데 좋은 곡 뺏기는 일도 많고. 흑흑."

보아하니 이동우는 알뤼르와 상당히 친분이 있는 모양이었다.

난 알뤼르와 이동우를 잠시 지켜보다 슬그머니 세연 형에게서 떨어졌다. 그러곤 주섬주섬 신인의 귀여운 모습을 장착한 채 힐끔힐끔 이동우의 눈치를 보았다.

진성이는 한참 전부터 잔뜩 긴장해선 어쩔 줄 모르고 있었다.

눈에 띄지 않으려 조용히 있었지만 흔들리는 시선에 어쩔 수 없이 눈에 띄었다는 콘셉트로.

내가 하도 힐끔거리니 뒤늦게 시선을 눈치챈 이동우가 대

다시한번
아이돌

화를 중단하고 나를 바라보았다.

곧이어 알뤼르 형들도 고개를 돌려 날 바라보았다. 그러곤 이제 생각났다는 듯 감탄사를 흘렸다.

"실제로는 처음 보나? 우리 직속 후배들, 크로노스야."

"어어, 당연히 알지."

난 진성이를 챙겨 이동우에게 조금 더 가까이 다가갔다.

"둘, 셋! 크로노스입니다! 잘 부탁드립니다!"

우리가 정식으로 인사하자 이동우는 당황한 얼굴로 손사래 쳤다.

"에이, 나한테까지 힘줘서 인사할 것 없어. 넥스트의 이동우라고 해."

난 설렘을 가득 안고 활짝 미소 지었다.

"서현우라고 합니다! 선배님! 처음 뵙겠습니다!"

"이, 이진성입니다!"

존경이 뚝뚝 묻어 나오는 파릇파릇한 신인의 눈길. 부끄러워 죽겠다는 표정으로 반쯤 알뤼르 형들의 뒤에 숨어서 애심의 눈빛을 보이는 게 포인트다.

"격 차릴 필요 없는데. 그다지 연차가 많이 나지도 않잖아."

"동우야, 그건 아니다. 5년 차면 크로노스한텐 대선배지."

"하하, 그런가."

이동우는 머쓱하긴 해도 꽤나 기분 좋아 보이는 눈치였다.

하긴, 연속으로 걸 그룹만 론칭되다 드디어 나온 후배 보이 그룹이 하이텐션.

그런데 심지어 그 그룹의 리더는 대표의 아들 지혁 형이니 이런 존경으로 가득한 후배의 눈빛을 하이텐션에게서는 받을 수 없었을 테니까.

"현우는 나랑 같은 파트지?"

"네! 선배님. 같은 무대에 설 수 있어 정말 영광입니다."

"그렇게 말해 주니 고맙네. 크로노스 〈픽위업〉 무대 잘 봤어. 그 이후에 음방도 봤는데 역시 굉장히 잘하더라."

훈훈한 대화가 오가는 분위기. 난 앉은 자리에서 형님 동생까지 할 기세로 열심히 아부를 떨었다.

우선 이동우에게 예쁨받는 게 급선무다.

YU의 이동우. 내가 트레이너가 되기 훨씬 전부터 이미 승승장구한 그룹 넥스트의 멤버이기에 직접 만난 적은 없었다.

하지만 YU 연습생들의 직계 선배이자 업계의 소문난 댄서다 보니 YU의 트레이너로서 가장 많이 커버를 딴 멤버 중에 하나였다.

굉장한 실력파였지만 솔직히 말하면 이번 무대에 한해 같은 파트를 맡은 멤버들 중 가장 넘어서기는 쉬운 벽이라고 할 수 있다.

이동우의 실력은 매우 특출 나지만 춤선이 예쁜 멤버는 아니다. 아마 두 번째 파트를 맡았다면 당연하게 센터를 차지했을 멤버.

하지만 첫 번째 파트에선 맞지 않는 옷을 입은 것과 마찬가지였다.

트레이너를 하며 이동우의 댄스를 몇 번이나 분석해 봤기에 알 수 있었다.

그는 아마 유일하게 저스틴 선생님이 뽑은 멤버가 아닐 것이다.

넥스트의 유일한 댄스 멤버. 하이텐션 이후 한풀 죽었다고 본인 입으로 말하긴 했어도 인기는 여전하다.

그런 넥스트에서 유일하게 참여한 멤버를 다수의 인원이 함께하는 두 번째 파트에 넣기엔 뭣하고.

아마 힘 있는 YU에서 밀어붙여 눈에 띌 수 있는 첫 번째 파트에 넣어 버린 것일 테다.

그러나 억지로 파트에 끼워 넣는 건 쉬웠어도 대형을 정하는 저스틴의 눈엔 이미 이동우는 뒤로 물러났을 가능성이 크다.

그러니 내가 이동우를 넘어서기 위해 해야 할 일은 그저 애교 많은 귀여운 동생이 되는 것.

그나마 넥스트 팬들의 불편한 심기를 아주 조금이나마 가라앉히려면 차라리 귀여움받는 편이 나을 테니까.

최대한 입을 다물고 말수를 줄이되 묵묵히 열심히 하는.

그래, 윤찬이가 되는 거다.

아무튼 이동우는 나에게 꽤 호감을 가진 듯하다. 그렇게 나와 간단히 대화를 끝낸 이동우가 다시 알뤼르와 대화를 나눌 때.

"슬슬 촬영 시작하겠습니다. 파트별로 정해진 연습실로 이동해 주세요!"

촬영이 시작되었다.

옹기종기 모여 각자 대화를 나누던 멤버들이 일제히 일어나 연습실로 향했다.

"현우야, 갈까?"

그러곤 이동우가 당연하게 날 챙기기 시작했다.

"현우 잘 부탁해. 얘가 낯가림이 심해서 다른 멤버들이랑 잘 지낼지 모르겠네."

다원 형이 내 등을 두드렸다. 그러나 이동우가 씨익 웃었다.

"첫 후배라 그런가, 되게 아끼네? 내가 잘 챙길게."

이동우는 날 이끌어 첫 번째 파트 연습실로 데려갔다.

첫 번째 단체 연습의 시작이었다.

단체 연습의 시작……일 줄 알았다.

내가 착각한 게 있었다. 연습실 구석구석에 설치된 카메라는 그저 연습하는 모습만을 찍기 위한 것이 아니었다.

김 실장님이 말하지 않았던가.

이 촬영은 예능이라고.

연습으로 꽉 채워도 촉박할 기간. 이미 안무 연습에 도를 튼 사람들만 채워 뒀서 그런가? 여유롭기 그지없다.

"야! 딴 노래 틀어!"

"오케이, 뭐 틀까? 뭐 틀어?"

"현우, 뭐 틀까!"

난 큰 소리로 대답했다.

"크로노스의 〈퍼레이드〉요!"

"아이고, 좋지!"

연습실 전등은 0.1초마다 켜졌다 꺼지기를 반복하고. 멤버들은 미친 듯이 춤을 췄다. 유사…… 클럽 같은 느낌이라고 할까.

난 그들의 한가운데에서 헤드뱅잉을 하며 귀여운 막내 노릇을 톡톡히 하고 있는 중이다.

연습이 시작하기 전 가볍게 몸을 푸는 시간.

그들은 워밍업이라며 연습실 불을 끄더니 짜 맞추기라도 한 듯 신나는 음악을 틀고 일제히 취객처럼 춤을 추기 시작했다.

'나 빼고 다들 많이 친하구나.', '카메라 앞에선 이렇게 해야 하는 거였구나.' 하고 새삼 깨달으며 난 천천히 리듬을 타고 연습실 중간으로 향했다.

예뻐할 수밖에 없는 성격, 박윤찬이 되자고 결심한 이후 철저히 관리하던 얌전한 표정은 눈앞의 취객들을 본 직후 빠르게 해제했다.

아, 이 팀은 이런 분위기구나.

좋았어.

그래, 이건 촬영이었다.

이미 굉장히 친해 보이는 그들과 섞여 융화되기 위해서라면 기꺼이.

나는 취객 서현우다.

적어도 다섯 살은 차이 나는 귀여운 막내의 재롱에 결국 선배들은 반응하기 시작했다.

"현우 잘한다!"

"오오! 더! 더! 더!"

"흔들어! 흔들어!"

댄스 담당들만 모여서 그런가 유독 활기찬 분위기가 이어졌다.

아니, 난 사실 댄스 담당이 아니고 메인 보컬인데.

하지만 분명 처음만 해도 나 빼고 다 취객이라는 느낌이었는데 지금은 나만 취객이 되어 연습실 한복판을 떡하니 차지하고 있다.

선배들은 나를 둘러싸고 환호를 보내 주었다.

이거 아마, 아, 방영되면 반년 정도는 놀림감이 되겠지.

하지만 난 선배들이 원하는 대로 음악에 맞춰 몸을 흔들어 댔다.

이미 친해진 그들 사이에 적절히 섞여 들어가는 방법 중 가장 쉬운 게 재롱 잘 부리는 예의 바른 후배가 되는 것 아니겠나.

이미 돌아가는 유쾌한 분위기 속에 얌전함 브레이크는 부러졌다. 남은 건 저세상 텐션행 액셀뿐.

취객이 운전을 하면 뭐다? 음주 운전이다.

"까르르 까르르 신났구만? 어?"

내가 열심히 선배들에게 즐거움을 주고 있을 때, 서지혜 선생님과 저스틴, 그리고 저스틴의 통역가가 함께 연습실로 들어왔다.

"막내 괴롭히고 있는 거 아니지?"

"에이, 설마요! 아니에요!"

이때 숨어 있던 카메라앵글이 바뀌어 나를 클로즈업으로 잡을 거라는 걸 예상한 난 다시 박윤찬에게 빙의해 쑥스럽고 민망하면서 세상 착한 머쓱함을 보였다.

이 얼마나 귀여운 막내인가!

자화자찬의 절정을 이뤘다.

그렇게 나는 멤버들의 경계를 서서히 풀어낼 예정이었다.

"너희들 안무 연습은 아까 말했던 것처럼 저스틴이 담당하게 될 거야. 말은 통하지 않아도 춤 연습엔 문제없어. 알지? 열심히 해서 완벽한 무대를 만들어 봅시다."

"네!"

서지혜 선생님은 멤버들을 북돋아 주고 연습실을 나섰다.

저스틴이 무엇인가를 이야기했다. 그러자 통역가가 저스틴의 말을 통역해 주었다.

"우선 몸풀기 시작할까요?"

"네!"

유독 유연성이 강조된 춤. 나뿐만 아니라 여기 뽑힌 나머지 멤버들도 다치지 않기 위해서는 몸풀기에 상당히 공을 들여야 한다.

처음에는 간단히 손목, 발목만 돌리던 사람들이 나중에 가선 다리를 찢고 허리를 비틀었다.

난 준비부터 비장한 그들의 눈치를 보며 소박하게 무릎을 돌렸다.

"현우, 왜 그래? 형이 몸 푸는 거 도와줄까?"

"예?"

나 혼자 적당히 몸을 풀고 있으니 아니나 다를까 이동우 선배가 다가와 내 상체를 꾹꾹 눌러 댔다.

"으악!"

무릎에 올라가 있던 내 손은 그대로 미끄러졌고 다리는 펴진 채 상체가 조금 더 내려갔다.

오금이 확 당겨 오기 시작했다.

"선배님…… 서, 선배앤님……."

"엥? 너 이거도 힘들어?"

이동우는 의아한 목소리를 내었다. 그럴 만하다. 보통 이 파트에 들어오는 사람들은 다른 댄스 멤버들보다 훨씬 유연한 부류가 많기 때문이다.

"아악! 악!"

내 비명소리에 기어코 다른 선배들과 저스틴의 시선 또한 나에게 쏟아졌다.

"이동우, 막내 괴롭히는 거 아니지?"

"야, 그게 문제가 아니야. 이 친구 되게 뻣뻣해."

"뻣뻣해? 방송에선 되게 유연하게 잘 추던데. 특이하네."

역시 방송물 꽤나 먹은 사람들이라고 해야 하나.

몸을 풀다가도 분량 쌓을 거리—막내 괴롭히기—가 생기니 금방 몰려들어 토크를 이어 나갔다.

"선배님, 저 좀…… 일어나게 해 주세요……."

"그러니까. 난 애 경연 프로에서 보고 틀림없이 발레 전공한 애라고 생각했어."

"현우야, 뻣뻣한 몸, 일주일 만에 유연하게 만들어 줄 수 있는데. 형들이 도와줄까?"

"서, 선배님."

다 좋으니까 일단 장난삼아 내 등에 올린 손들 좀 치워 주라.

오금이 당겨서 울 것 같다.

결국 난 무너져 내렸다.

쫙 폈던 무릎을 굽히고 쪼그려 앉자 곧 나를 두고 웃음소리가 들려왔다.

그래, 내 연습생 시절 때도 이랬지. 형들에게 어지간히 괴롭힘당했었다.

그래, 크로노스가 유한 사람들만 모인 거였다.

그래, 이게 보통이지.

멤버들 보고 싶다.

크로노스에서 괴롭힘당하고 놀림당하는 게 이진성이라면 이 팀에선 나다.

난 어느샌가 내 주위로 모인 선배님들과 함께 고통스러운 몸풀기 시간을 보내고 다시 일어났다.

연습실 구석 의자에 발을 올린 채 몸을 풀던 저스틴은 단체로 일어나는 멤버들의 모습에 자리로 돌아왔다.

"이제 본격적으로 연습, 시작하도록 하겠습니다. 모두 각자의 자리에서 거리를 벌리고 서 주세요."

통역가의 말에 다들 거리를 벌렸다.

아직 대형이 정해지지 않은 만큼 어떻게 서도 상관없는 모양이었다.

그리고 곧장 안무가 주어졌다.

확실히 강제적으로라도 제대로 몸을 푸니 따라 하기 쉬워
진 것도 같고.

"오른쪽 팔을 하늘 위로 크게 둘러 내려오면서 마찬가지로
오른쪽 다리 엣지, 뒤로 차 주며 반동을 줍니다."

"반동을 줘서요? 그대로 한 바퀴 돌면 된다는 말이에요?"

또 다른 멤버 전화 선배가 묻자 통역가는 저스틴과 대화를
나누곤 고개를 끄덕였다.

"네, 한 바퀴 돌면 된다고 합니다."

통역 소통 오류는 해외 안무가를 초청하면 흔히 있는 일이
다. 그는 그만의 말투와 방식으로 설명을 이어 나가고 춤에
대해 잘 모르는 통역가는 가감 없이 말하는 대로만 전달해
주기 때문에 잘 모르겠는 부분은 재차 물어 가며 익히는 수
밖에 없다.

내가 말없이 오른팔을 크게 두르며 한 바퀴 돌자 저스틴이
놓치지 않고 '오케이!'와 '롸잇!'을 외치며 엄지를 추켜들어
주었다.

"점프 후 내려오면서 양손을 가슴께에 소중히 모은 후 허
리를 숙입니다. 그대로 다섯 걸음 뒤로."

우린 저스틴의 동작과 통역가의 설명을 들으며 그럭저럭
연습을 잘 치렀다.

그러다 보니 역시나 내로라하는 댄스 멤버들 사이에서도
유독 두각을 드러내는 멤버들이 생겼다.

우선 진짜 현대무용 전공인 올더타임의 유전화.

섹시함을 타고났다고 하는 블루페이퍼의 레인.

그리고 저스틴의 말로는 표정 연기와 묵직하고 우아한 춤선이 최고라는 나.

이렇게 세 사람이 대형의 앞에 서는 것으로 결정되었다.

"대형은 결정되었으니 다음은 누가 가운데에서 시작할 거냐를 정해야 하는데요. 물론 여러분 모두 한 번씩은 가운데에서 춤을 출 겁니다. 하지만 시작은 분위기를 정하는 데 가장 중요한 역할을 담당합니다. 이건 차근차근 결정하도록 할까요?"

통역가가 저스틴의 말을 전하자 선배들은 대수롭지 않게 어깨를 으쓱였다.

"우리 막내가 가운데 해야지."

"……예?"

"막내로 결정!"

유전화와 레인이 말하자 뒤에 서 있던 이동우와 조민성 또한 흔쾌히 수긍하며 환호했다.

너무 가볍게 가운데 타이틀을 넘겨주는 거 아닌가 싶겠지만 사실 그다지 이상한 일은 아니었다.

이를 위해 그들의 경계를 풀고 미친 재롱을 부려 댔던 거였다.

서로 분량을 쌓으려고 앞다투어 센터 경쟁을 하던 〈픽위업〉 연습생들과는 경험과 인기부터 다르다.

그들은 딱히 욕심을 내지 않아도 된다. 욕심내지 않아도 무대에 설 기회가 많고 토크만 잘하면 방송 분량도 쌓을 능력이 된다.

"어차피 돌아가면서 가운데 서는데 시작은 우리 막내가 기회 한번 잡아 봐."

그러니 이런 비중이 약간 더 많은 자리 정도는 아직 방송 분량 못 쌓을 귀여운 후배한테 기회를 주는 것이 오히려 그림이 좋다는 것 또한 알고 있을 터다.

"어, 정······말요? 제가 그래도 돼요?"

속으로 쾌재를 불렀다. 기회 제대로 잡아서 어필을 확실히 해야지. 다짐하며 기쁨을 주체 못 하는 반응을 보였다.

그러자 선배들은 껄껄 허허 웃으며 열심히 하라며 등을 토닥여 주었다.

확실히 아직 선배들 눈치를 봐야 할 신인은 제 실력밖에 분량 뽑을 곳이 없기 때문에 난 헤드뱅잉을 해서라도 좋은 대형을 차지해야만 했었다.

가운데에 서 있던 유전화는 나를 끌어당겨 센터에 두고 자신은 사이드로 빠졌다.

아무리 그래도 선배들 사이에 덩그러니 껴 있는 게 어색해 입술을 잘근거리며 거울을 빤히 쳐다보고 있자 곧 연습이 재개되었다.

"가장 먼저 현우 씨 독무를 시작하실 거예요. 혼자 등장하실 거고요. 그리고 전화 씨, 레인 씨, 동우 씨, 민성 씨 순으로 바톤을 이어받을 겁니다."

"바톤을 이어받는 게 무슨 뜻이에요? 한 명씩 들어온다?"

레인의 질문에 통역가가 저스틴과 대화를 나눈 뒤 말했다.

"아니요. 전부 독무요. 무대가 굉장히 커요. 각 구역마다 한 명씩 배치될 거고요. 현우 씨 독무를 시작으로 순서대로 독무를 이어 나갈 겁니다."

계획은 이러했다.

나를 시작으로 한 명씩 독무를 선보인다. 이후 마지막, 조민성이 독무를 추는 동안 나머지 멤버들은 조민성이 있는 메인 스테이지로 향한다.

그리고 나를 중심으로 단체 안무가 시작, 모든 멤버가 한 번씩 중심을 맡았을 때 두 번째 파트로 전환.

두 번째 파트 멤버들에 비해 인원수가 현저히 적고 각자의 개성이 뚜렷하기 때문에 할 수 있는 무대 구성이었다.

저스틴이 심각한 얼굴로 무언가를 말했다. 통역가가 그의 말을 전했다.

"우리의 라이벌은 서로가 아닙니다. 라이벌은 두 번째 파트의 멤버들입니다. 첫 번째 파트는 모두가 협심해서 예술적인 무대를 만들어 봅시다."

"넵!"

"우선 서현우 씨, 독무는 보내 드린 영상의 0초부터 40초까지입니다."

"어쩐지 몇몇 구간 갑자기 느낌이 달라진다 했어."

그리고 저스틴이 지정해 준 시간대로 독무 연습을 시작했다.

단체 연습이 아닌 혼자만의 무대. 독무를 연습하다 보면 단체 연습보다 훨씬 진하게 나만의 색이 춤에 묻어 나온다.

"오오, 막내 멋진데!"

"경연 때부터 알았어. 쟤 진짜 잘해."

춤을 추는 동안 선배들의 목소리가 들리고 동시에 통역가의 목소리도 들렸다.

"서현우 씨의 컨셉은 광기. 표정 연기 확실히 해 주세요. 서투름은 없어야 합니다."

"네!"

노래는 부르지 않아도 돼서 다행이다. 거의 몸을 뒤집어 꺾고 헤드뱅잉 못지않게 머리를 흔들어 대는데 실제 무대가 라이브였다면 크로노스의 무대를 하기도 전에 체력이 떨어져 버렸을 거다.

"조금 유연하게 움직여야 합니다. 그렇다고 힘을 빼면 안 됩니다. 서현우 씨 특유의 묵직함을 살리세요."

꽤 많은 주문이 들어왔지만 연습해 왔던 게 어디 가지는 않는다. 저스틴의 말대로 표정 연기, 그리고 춤의 기복이 흐트러지지 않도록 주의했다.

40초가 너무도 길게 느껴지기 시작할 때쯤.

"All right! That's right!"

저스틴의 만족한 박수 세례와 함께 내 파트가 끝이 났다.

첫 번째 연습이 끝나고 잠깐의 휴식 시간.

까다로운 저스틴 선생님의 지도 아래 극한의 연습 시간을 보내고 있던 첫 번째 파트 팀은 휴식이라는 이야기를 듣자마자 기다렸다는 듯이 연습실을 벗어났다.

정말 물이 마시고 싶어 죽을 뻔했다.

"현우, 땀으로 샤워했네?"

"어때, 할 만해?"

찬물을 들이켜며 겨우겨우 숨을 돌리고 있을 때 두 번째 파트 팀에서 연습하던 알뤼르 형들과 진성이가 다가와 곁에 앉았다.

그들은 땀범벅이긴 했지만 첫 번째 파트의 멤버들처럼 곧 기 빠져 죽을 것 같은 얼굴들은 아니었다.

"얘 거의 죽어 가는데?"

"그렇게 힘들어?"

난 애써 웃어 보였다.

"괜찮아요. 힘들기는 해도."

번듯이 돌아가고 있는 카메라만 아니었어도 알뤼르 형들

을 붙잡고 진짜 진심으로 죽을 것 같다고 하소연했을 거다.

"너희 전부 독무대 있다며? 괜찮아?"

"독무대는 괜찮아요. 뒤에 단체 안무 쪽이 조금……."

독무 쪽은 오히려 쉬운 편이었다. 난이도 있는 안무긴 해도 미리 연습해 오기도 했고 댄스 담당 멤버들이니 가볍게 완성도를 높여 나갔다.

문제는 독무 뒤 단체 안무 쪽. 조금 더 현대무용의 색이 가미되어 다들 사경을 헤매며 더디게 연습해야만 했다.

유일하게 잘 소화해 내는 사람은 현대무용을 전공했던 유전화 선배정도.

정말 몸의 쓰지 않았던 근육을 죄다 끄집어내 사용하지 않으면 예쁜 실루엣이 나오질 않았다.

"벌써 좀 근육이 아파요."

"형, 많이 힘들어 보여."

진성이가 내 뒤로 와 등의 뭉친 부분을 꾹꾹 눌러 주었다.

일주일 건너 시상식, 또 일주일 뒤 시상식. 이런 스케줄은 경연 무대 정도로 생각하면 꽤 할 만하다고 생각했는데 첫 타부터 이렇게 한계를 체험할 줄이야.

"형, 그래도 체력 관리 잘해야 해. 우리 이거 끝나고 크로노스 무대 연습하러 가야 하는 거 알지?"

"아……."

정말 좌절스럽다. 이런 스케줄, 할 만하지 못하다.

시상식엔 이 무대만 올라가는 게 아니고 크로노스 오리지 널 무대도 특별하게 리믹스해 준비해야만 했다.

거기다 다음 앨범 준비도 하고 있으니 정말 말 그대로 죽 었다 생각하고 버티는 수밖에.

"괜찮아요. 우리 막둥이는 할 수 있어요. 그렇지?"

내가 진성이에게 안마를 받고 있을 때 유전화 선배와 이동 우 선배가 다가와 내 어깨를 주물거렸다.

난 부담감을 안고 말했다.

"쓰읍…… 어, 열심히 하겠습니다."

"우리 아까 되게 친해진 느낌이었는데. 그냥 형이라고 불 러 현우야."

"너희 벌써 친해졌어? 후배들한테 낯가리잖아 전화는."

"그죠. 원래 후배들이랑 잘 못 친해지는데 같이 연습하면 또 금방금방 정들고 그러나 봐요."

카메라가 돌아가는 중이기도 했고 이곳에 있는 대부분의 그룹이 알뤼르랑 친한지 우리 크로노스에게도 굉장히 부드 럽게 대해 주었다.

그리고 무엇보다 역시 나의 헤드뱅잉과 귀여운 재롱이 통 한 모양이다.

"우리 현우도 낯 되게 많이 가리는데 형들이 잘 대해 줬나 보다."

"아, 네. 선배님들이 다들 정말 다정하게 받아 주셔서."

"아, 현우 형이 이번엔 막내구나. 뭔가 신기하다."

진짜 다들 경계가 풀리니까 분위기부터 달라졌다. 처음엔 적응 못 하지 않을까 했더니 지금은 그냥 장난기 많은 동아리 선배 느낌이었다.

내가 적응하지 못할까 봐 다른 사람이 독무 연습을 하는 동안 꼭 내 옆에 와서 쉬는 것만 봐도 날 굉장히 배려해 주고 있는 것 같았다.

"촬영 재개하겠습니다. 모두 연습실로 돌아와 주세요."

스태프의 목소리가 들렸다. 우린 대화를 멈추고 주섬주섬 다시 연습실로 향했다.

진성이는 오랜만에 추는 춤이 그렇게 재밌다며 연습 재개에 방방 뛰었지만 나를 포함한 첫 번째 파트 멤버들은 마치 짠 것처럼 일제히 한숨을 쉬며 터덜터덜 걸어 들어갔다.

♫♪♩♬

"근육통 각."

"더 이상 못해요, 선생님. 통역가님 더 하면 이 중에 한 명은 죽을 거라고 전해 주세요."

단체 안무를 하루 만에 완곡해 낸 멤버들이 쓰러지듯 바닥에 엎어졌다.

선배들이 저스틴 선생님에게 더는 못하겠다고 어필하는

동안 난 말도 제대로 못 하고 미친 듯이 숨을 몰아쉬었다.

크로노스 무대 연습을 위한 체력 분배? 못했다.

저스틴 선생님은 매우 엄격하신 분이라 조금 힘을 빼는 것도 금방 눈치채곤 지적해 오셨다.

그래서 이를 악물고 해야만 선생님을 만족시킬 수 있었다.

"아, 오늘 그룹 연습 큰일 났네."

내 옆에 기절해 있는 조민성이 중얼거렸다. 다들 똑같은 생각을 하고 있는 모양이다.

심지어 모여 있는 사람들이 퍼포먼스에서 중심축을 담당하는 멤버들이니 더더욱 뒤가 걱정될 터다.

저스틴 선생님은 멤버들의 호소에 결국 연습 종료를 선언하였다.

"수고하셨습니다!"

큰 인사와 함께 저스틴 선생님이 밖으로 나가고 연습실의 멤버들도 각자 흩어지기 시작했다. 아직 두 번째 파트 멤버들의 연습은 끝나지 않았다.

이동우는 YU 사옥 위층으로 올라갔고 다른 멤버들은 개별 매니저와 퇴근하거나 카페로 향했다.

연습실의 카메라는 정리되어 철수하고 있었다.

난 잔뜩 뭉친 근육을 느끼며 여전히 연습실 바닥에 누워 휴식을 취했다.

그냥 이대로 두 번째 파트 멤버들의 연습이 끝날 때까지 누워 있을 예정이었다.

"현우 씨, 고생했어요. 내일 봐요."

"아, 고생하셨습니다! 안녕히 가세요!"

난 마지막 장비를 챙기고 철수하는 첫 번째 연습실 스태프에게 일어나 인사하곤 다시 벌러덩 누웠다.

조금이라도 몸이 회복돼야 다음 무대 연습을 할 수 있을 테니 진짜 잠깐만 눈을 감고 있자.

그렇게 조용해진 연습실에서 혼자 눈을 감고 쉬고 있을 때였다.

덜컹!

"어…… 뭐야. 형, 여기 사람 있는데요."

응? 이 익숙하면서도 불쾌한 목소린 설마.

아픈 근육을 뒤로하고 몸을 벌떡 일으켰다.

감았던 눈을 천천히 떠 다짜고짜 상대를 바라보았다. 그러자 제 뒤에 있는 누군가와 대화를 나누다 내 얼굴을 확인한 상대가 놀란 표정을 지으며 눈살을 찌푸렸다.

"네가 여기 왜 있냐?"

"연말 무대 연습하러 왔는데요."

연습실 문짝에 붙은 채 날 바라보고 있는 사람은 김진욱이었다.

"형은 여기 왜 왔는데요."

물어 놓고 내가 굉장히 멍청한 질문을 했다는 걸 깨달았다.

YU 연습생이 YU 연습실을 이용하는데 이유가 필요한가.

젠장, 만나고 싶지 않아서 별 헛소리를 다 했다.

"……."

"……."

서로 짜증 나서 말없이 바라보고만 있는데 멀뚱히 서 있던 김진욱이 누군가에게 밀려 성큼 연습실 안으로 들어섰다.

"안 들어가고 뭐 해? 빨리 연습할 준비……. 어, 현우 씨, 안녕하세요. 연말 연습 끝났다고 하길래 왔는데. 아직 안 끝났어요?"

김진욱의 뒤에 서 있는 남자는 내가 전혀 모르는 얼굴이다. 내가 살짝 고개만 숙여 인사하자 남자는 김진욱을 닦달했다.

"뭐 하냐, 진욱아. 선배한테 인사해야지. 아, 맞다. 친하다고 했나?"

"안 친해요."

"안 친합니다."

"네?"

아무래도 저 사람은 김진욱을 담당하는 매니저인 모양이다. 우리가 동시에 대답하자 매니저는 살짝 당황하더니 다시 김진욱의 등을 토닥였다.

"그럼 얼른 크로노스 선배님한테 인사해."

풉! 선배란다. 내가 김진욱의 선배.

내가 슬쩍 웃으며 비웃어 주자 김진욱은 단단히 짜증 난 얼굴로 말했다.

"친해요."

"아이, 진짜. 그렇게 인사하기 싫다고요? 형, 너무하다."

"참 나. 아무튼 현우 씨, 연습실 계속 쓰실 거면 쓰셔도 됩니다. 저희가 다른 곳으로 가면 되니까요."

타 소속 아티스트라도 연습생보다는 아티스트가 우선. 그로 인해 내가 여기 계속 있겠다고 하면 김진욱은 영락없이 다른 빈 연습실을 찾아야만 했다.

두 사람은 연습실이 비었다는 연락을 받고 왔다고 했으니 아마 이곳 이외의 빈 연습실은 없을 테지. 난 곧장 자리를 비켜 주었다.

"아니에요. 힘들어서 잠깐 쉬고 있었어요. 쓰세요."

"아! 네! 실례하겠습니다. 계속 계셔도 돼요. 그냥 연습하는 것뿐이라."

"……그럼 조금 지켜볼까요?"

내가 씨익 웃으며 말했다. 빨리 꺼지라는 김진욱의 맹렬한 시선이 느껴지긴 했지만 어쩌라고. 난 힘들어 죽을 것 같아서 못 움직이겠단 말이다.

"아이고, 죽겠다."

난 비틀비틀 힘겹게 일어나 연습실 구석 의자에 앉았다.

매니저는 익숙하게 김진욱에게 마이크를 들려 주고 노트북을 만지작거렸다.

"진욱아, 어제 했던 그대로 틀어 줄게."

"네."

난 다리까지 꼬고 선배님의 위엄을 내보이며 김진욱의 모습을 구경했다.

김진욱은 여전히 인상을 찌푸린 채였지만 곡이 흘러나오자마자 시선을 거두고 연습을 시작했다.

특별히 안무가 없는 랩이었다. 다만, 커버곡이 아닌 들어본 적 없는 곡.

난 내 옆에 앉은 매니저에게 물었다.

"진욱 형 데뷔해요?"

"아, 네! 친하다면서 정신없어서 데뷔한다고 말도 안 했나 보네요. 내년 초로 예정되어 있어요."

"아아, 그래요? 드디어 데뷔하네요."

매니저가 격하게 고개를 끄덕이곤 대뜸 한숨을 쉬었다.

"정말로. 실력 출중한 애가 그룹으로 활동하기 싫다고 고집을 부려서 위태위태했어요, 진짜. 그래도 결국 데뷔하기는 하네요."

"솔로로요?"

"넵. 솔로입니다. 하하."

회귀 전엔 자력갱생 래퍼였는데 역시 내가 개입함으로써

여럿 인생이 바뀌긴 했나 보다. 그래도 결국 솔로 데뷔는 바뀌지 않았지만 저 성격에 그것만은 정말 바뀌지 않아 다행이라 생각한다.

"아, 참. 우리 진욱이 데뷔에 사실 현우 씨가 한몫 크게 했습니다."

"제가요?"

내가 뭘 했다고? 고개를 갸웃거리자 매니저는 정말 기쁜 목소리로 말했다.

"현우 씨 솔로곡에 피처링으로 참여했잖습니까? 작게 이슈가 되어서 그때부터 본격적으로 데뷔가 논의되었어요."

"아아, 좋은 소식이네요."

"그래서 말입니다. 조만간 YMM 측으로 연락이 가지 않을까 싶습니다."

"……."

엥?

잠깐.

무슨?

순간 쎄한 느낌이 들었다.

"……연락이라니요?"

내가 조심스럽게 묻자 매니저가 말했다.

"진욱이 데뷔 이후 첫 스케줄을 음악 예능으로 잡을 예정이거든요. 할 수 있다면 현우 씨 초청해서 피처링 참여한 〈원스 어겐〉을 원곡으로 부르면 좋지 않을까 하는 마음에. 근데 크로노스분들 워낙 바쁘신 분들이잖습니까? 조만간 YMM에 스케줄 확인해 볼 생각이었어요."

아하. 난 억지 미소 지으며 고개를 끄덕였다.

결국 내가 언젠간 이런 일이 있을 줄 알았다. 내가 유명해지고 김진욱도 데뷔해 유명해지면 결국 무대에서 〈원스 어겐〉을 부를 날이 올 줄 알았다.

절대 안 부른다더니 오히려 김진욱 쪽에서 먼저 연락이 오는 건 뭐야. 대충 떨떠름하게 대답하고 있을 때 문득, 나는 '괜찮지 않은가?' 하는 생각이 들었다.

"스케줄 가능했으면 좋겠네요."

연초면 우리 컴백 예정이고 팬클럽 창단식도 있으니 바쁘긴 할 텐데. 솔직히 객관적이고 이성적으로 봤을 때 좋은 기회이긴 하다.

언제 생신인 때 내 솔로곡을 라이브로 부를 기회가 생기겠어.

아니, 나는 김진욱에게 피처링을 부탁할 때부터 사실 괜찮았다. 김진욱만 참으면 누이 좋고 매부 좋은 기회 아닌가?

"기회가 있으면 꼭 불러 보고 싶어요."

난 억지웃음을 부드럽게 풀어냈다. 그러곤 김진욱을 바라보았다. 김진욱은 랩을 하다가도 날 보자마자 인상을 팍 찌푸리며 시선 치우라는 눈빛을 보냈다.

난 고집스레 김진욱을 쳐다보곤 싱긋 미소 지은 채 말했다.

"꼭 함께 불러 보고 싶네요."

이건 윈윈이라고, 이 자식아.

이제 슬슬 두 번째 파트 멤버들도 연습이 마무리되는 중이라 전달받았다.

김진욱이 곡 하나를 두세 번 연달아 연습하는 중 매니저의 휴대폰이 울렸다.

매니저가 전화를 받으러 나가고 곡이 끝나자 김진욱은 뚱한 표정으로 날 노려보았다.

난 어쩌라는 식으로 어깨를 으쓱였다.

"연습하시지, 왜? 노트북 못 다뤄요? 곡, 내가 틀어 줄까요?"

일부러 신경을 건드리자 김진욱은 미간의 주름을 더욱 깊게 패며 나에게 다가왔다.

"너 아까 매니저 형이랑 무슨 말 했어?"

"내가 뭘요. 이젠 하다 하다 대화하는 걸로도 시비네."

"나 보고 왜 웃었냐고."

"열심히 하시는 모습이 너무 보기 좋아 흐뭇한 마음으로 웃었습니다. 형님."

사실 얄밉기 그지없는 행동이라 시비 걸릴 만하다는 생각은 했다. 김진욱은 마치 내 멱살이라도 잡을 것 같은 얼굴이었다.

하지만 잡으려다가도 안 잡는다.

김진욱은 아티스트의 멱살을 잡을 정도로 그렇게 머리 나쁜 놈은 아니다.

"매니저가 우리 진욱이 형 데뷔하면 무대에 같이 서 달라고 하던데요."

"……."

표정을 보니 알고 있었던 모양이다.

"절대 안 선다고 엄포를 놓더니 본인 무대면 또 이야기가 달라지지?"

"그런 거 아니야."

안다. 연습생이 데뷔 스케줄부터 뭔 발언권이 있었겠나. 그냥 까라는 대로 까는 걸 테고 아마 회의에서 내 이야기가 나왔을 때 잔뜩 짜증 났어도 별말 못 했을 거다.

난 거드름을 피우는 척 말했다.

"아이, 뭐, 스케줄 조정 잘됐으면 좋겠다. 그죠, 형? 조만간 회사로 전화하신다던데."

"……."

"아이, 뭐, 형은 싫어했어도 저는 그닥 안 싫어요. 무대 서면 서는 거지 뭐."

"비아냥거리지 마. 새끼야."

"어허! 선배한테 새끼가 뭐야, 새끼가. 바르고 고운 말 좀 써요, 이제 데뷔하면서."

"네가 무슨 어린애냐?"

난 정색하며 말했다.

"아닌데요. 뚱인데요."

"……."

"……."

김진욱이 날 혐오스러운 눈으로 바라보기 시작했다. 난 민망함에 자리에서 일어났다.

"갈게요. 아무튼 스케줄 잡히면 커피 사 주기."

진성이랑 알뤼르 형들 고생하는데 연습 끝나기 전 매니저 형이랑 커피나 사 와야지.

김진욱은 내가 일어나자마자 고집스레 시선을 거둬 버렸고 난 때마침 연습실로 돌아오는 김진욱의 매니저에게 싱긋 웃으며 작별 인사를 했다.

"어, 슬슬 데리러 가려고 했는데 먼저 나오셨네요?"

"체력 좀 보충하느라 쉬고 있었어요."

내 말에 매니저 형은 미안한 표정을 지으며 들고 있던 음료를 건네주었다.

같이 사러 가기 전에 매니저 형이 미리 카페에 다녀온 모양이었다.

"연습 때 이렇게 힘들어하시는 건 처음 봐서 좀 쉬게 해

드리고는 싶지만……."

"에이, 저희 경연으로 단련돼서 괜찮아요. 진짜 힘들면 말씀드릴게요."

이 연습이 끝나도 다음 크로노스의 특별 무대 준비가 남아있다. 이런 생활을 한 달을 거쳐 해내다 보면 끝쯤엔 영혼 없이 몸만 무대에 올라가듯 움직이게 될 것이다.

나뿐만 아니고 이 시기에 활동하는 모든 그룹이 똑같이 일정을 소화하고 있는 상황이라 딱히 불만 가지고 싶지 않았다.

매니저 형의 미안한 표정은 그래도 가시진 않았다. 경연 때 함께 있지 않아서 우리가 이만큼 죽어나는 장면을 본 적 없어 그런다.

"수고하셨습니다!"

그때, 드디어 두 번째 파트의 연습이 끝이 났다. 잔뜩 지친 사람들이 우르르 연습실에서 쏟아져 나왔다.

오랜만의 연습이 좋다며 방방 뛰던 진성이도 나오자마자 바닥에 엎어지는 걸 보면 저쪽도 여간 하드한 게 아닌 모양이다.

"진성이, 괜찮아?"

내가 등을 툭 건들자 손바닥에 흥건한 땀이 묻어 나왔다. 진성이가 인상을 푹 찌푸리며 내 손을 치웠다.

"지친 거 아니야."

"어? 알아."

"너무 쉬었어. 원래 이 정도로는 체력 안 떨어지는데."

아마 벌써부터 체력이 부족한 게 많이 분한 모양이다. 뭐, 진성이가 한두 번 이러는 것도 아니라서 적당히 달래고 매니저 형이 사 온 음료수를 건네주었다.

마찬가지로 매니저 형에게서 커피를 받은 알뤼르 형들이 한숨을 푹 쉬었다.

"아, 난 오늘 더 못하겠다. 이젠 체력이 이 일정 못 따라잡는다니까."

"그러게. 오늘 푹 자겠네."

알뤼르 형들도 이후 개인 무대 연습 일정이 잡힌 것으로 아는데 다원 형이 알뤼르 매니저한테 슬쩍슬쩍 눈치 주는 걸 보면 오늘 알뤼르 개인 무대 연습은 캔슬될 예정인가 보다.

알뤼르 형들은 의자에 앉아 한참이나 멍 때렸다. 형들이 이렇게 힘들어하는 건 처음 봤다. 물론 형들이 알뤼르가 되고 난 이후 연습하는 걸 본 적은 없었지만.

"현우 씨, 진성 씨, 슬슬 출발하셔야 합니다."

매니저 형의 말에 다원 형과 세연 형이 얼른 가 보라고 손을 흔들며 인사했다.

"고생했어. 그리고 고생해."

"체력 관리 잘하고 내일 보자. 우린 여기서 더 쉬어야 할 것 같아."

"넵! 저희 먼저 가 보겠습니다!"

아직 카메라가 돌아가고 있었다. 우린 벌떡 일어나 알뤼르 형들에게 인사하고 돌아다니며 남아 있는 모든 선배들과 인사를 나눴다.

그리고 차에 오른 직후, 겨우겨우 견디던 피로감이 몰려와 금방 잠이 들었다.

♪♫♬

"정말 당황스럽고 어이가 없다."

내 말에 멤버들이 키득거렸다.

 ─아이고오─ 자알─ 잔다!
 ─코코낸내~

매니저 형의 휴대폰에 저장된 동영상에서 잔뜩 들뜬 멤버들의 얄미운 목소리가 흘러나왔다.

"꼭 틈만 있으면 장난치려고. 이거 고유준 네가 먼저 시작했지?"

"그렇다고 할 수 있지."

고유준이 뻔뻔스럽게 말했다.

사건은 내가 잠이 든 사이 일어났다.

잠이 든 나는 연습실에 도착할 때까지 깨어나지 못했다. 듣기로는 열심히 흔들어 깨웠다고 하는데 그게 진짜인지는 모르겠다.

"난 깨우려고 했다. 유준이가 말리지만 않았더라면!"

주한 형이 분한 듯 이야기했다. 하지만 애나 재나 동영상 속에선 신나게 웃어 대고 있는걸.

아마 고유준이 시작이었을 거다. 내가 일어나지 않자 멤버들은 일단 그냥 연습실에 데려가고 보자는 결론을 내렸다.

그렇게 나를 업은 것도 아니고 둘러멘 것도 아니고 들쳐업은 게 고유준. 자세가 너무도 웃기니 그걸 즉석에서 카메라에 담으며 입으로 딜 넣는 게 주한 형.

영상 초반까지만 해도 졸린 얼굴이었다가 후엔 고유준과 같이 노래를 부르며 몸을 들썩이는 이진성.

"정말 너무 화목한 거 같아요."

그 모습을 또 우정이라고 포장하는 박윤찬.

잠시만 방심하면 금방 장난의 대상이 되어 버리니 원.

그 와중에 매니저 형을 그걸 한 번 더 돌려 보고 있다.

"현우 씨, 여러분, 이 동영상 편집해서 공식 너튜브 채널에 올리는 거 제안해 봐도 되겠습니까?"

매니저 형의 물음에 나를 제외한 멤버들이 즉석에서 고개를 끄덕였다.

"그럼요 그럼요. 매니저님께서 제안 안 하셨어도 제가 파랑새에 올리려 했어요."

주한 형이 말했다.

난 한숨을 푹 쉬며 고개를 끄덕였다.

"편집 잘 부탁드릴게요."

진성이 팬케이크 사건이랑 똑같은 거다. 그때 올렸던 영상이 팬들 사이에서 굉장히 반응이 좋았으니 이번에도 좋아해 주시지 않을까.

그렇게 사건은 간단히 마무리되었고 크로노스의 특별 무대 연습이 시작되었다.

KEW의 시상식 무대를 위해 준비한 곡은 〈블루 룸 파티〉와 〈퍼레이드〉.

〈블루 룸 파티〉로 시작해 〈퍼레이드〉로 끝난다.

사실상 워밍업 격인 〈블루 룸 파티〉는 별다른 장치 없이 평소처럼 나긋나긋 평화로운 분위기로 이어 나간다.

특유의 동선 이동을 극도로 활용하며 천천히 천천히 파트를 쌓아 갈수록 블루 룸으로 향하는 문에 가까워지는 모습.

그렇게 내가 마지막 파트를 부른 이후 블루 룸으로 향하는 문을 열면 조명의 색이 바뀌고 룸 안엔 색이 파스텔 톤인 꽃밭과 함께 미리 들어가 있던 진성이가 지팡이를 들고 선 채 카메라를 맞이한다.

그렇게 〈퍼레이드〉가 시작되고 후반 댄스 브레이크 부분을 시상식에 맞도록 리믹스시켜 진행하게 될 것이다.

요즘 일정을 생각하면 체력적으로 될까 싶긴 한데 솔직히 좀 무리해도 좋을 만큼 기대되었다.

아까까지만 해도 지쳐선 악을 쓰던 이진성도 다시 방방 뛰기 시작했다. 마음껏 실력을 발휘할 수 있는 기회인데 막막하다고만 생각할 리가.

"바쁜 일정이지만 잘 부탁드립니다."

"예압!"

미안해하는 건 매니저 형뿐이다.

안무가 선생님이 연습실로 들어왔다.

"진성이 〈블루 룸 파티〉 안무에 참여하는 거 처음이죠? 진성이 공간을 만들어 줄 거예요. 조금 버벅일 수 있겠지만 곧 적응하고 잘 따라올 거라 믿어요."

"네! 잘 부탁드립니다."

크로노스의 연습이 시작되었다.

"현우 형, 주한 형 죽었어?"

"윤찬이도 눈 뜨고 기절한 거 같은데."

"……으헉!"

잠시 정신을 놔 버렸다. 댄스 파트 난이도 실화인가.

아니 난이도를 뒤로하고 일단 너무 품이 많이 드는데?

〈블루 룸 파티〉는 딱히 어렵지 않았다. 변형이 되지 않아 진성이가 들어온 버전으로 추기만 하면 됐다. 그런데 그렇게 〈블루 룸 파티〉에서 아낀 체력을 〈퍼레이드〉에 그대로 쏟아부었다.

도입부 댄스 브레이크, 후반 댄스 브레이크는 그냥 메인일 뿐이고 틈틈이 뭐가 많이 들어가 있었다.

웬만한 안무는 하루 만에 외우는 편인데 오늘은 좀 많이 헤맬 정도였다.

인형들의 서커스를 모티브로 한 무대. 댄서들이 대거 등장했고 그들에게 조종당하는 느낌으로 각 파트별 안무도 완전히 바뀌었다.

문제는 엄청나게 많은 부분이 바뀌었는데 댄서의 비중이 커서 오늘은 단순 이미지 메이킹으로 넘어가야 하는 부분이 많다는 거였다.

"일주일 내에 가능할까……."

내가 약한 소리를 하자 주한 형이 금방 내 어깨를 잡아챘다.

"할 수 있어. 믿어, 현우야."

"어? 형, 기절한 거 아니었어?"

"해야지. 크로노스 실수하면! 12시간 연습실 감금!"

주한 형이 소리쳤다. 아, 저 형, 체력은 약해도 자존심은 극강인 사람이었지. 아무리 어려워도 무대에서 실수하는 꼴은 못 보는 사람이다.

"알겠어. 할게."

주한 형은 땀범벅이 된 얼굴로 만족스레 고개를 끄덕이곤 눈 뜬 채 기절한 윤찬이를 억지로 일으켜 세웠다.

"이번 무대 잘 끝나면 우리 회식하자. 형이 쏠게."

주한 형의 말에 앉아 대화를 나누던 고유준과 진성이도 일어났다.

"한우 돼요?"

"그래, 돼. 형은 너희한테 돈 쓰는 건 안 아까워. 그때쯤 정산도 나올 거고."

한우는, 인정이지.

"하아안우!"

난 기합을 넣으며 무릎을 세워 일어났다.

적어도 안무는 다 외우고 연습실을 나설 작정이다.

11월의 후반으로 향하는 요즘, 벌써 방송계는 연말 분위기를 내고 있었다.

각 방송국마다 곧 있을 연말 시상식을 홍보하고 있었고 라인업도 발표되었다.

각종 어워드 방청 응모를 두고 커뮤니티가 뜨거워지는 건 당연지사. 특히 시상식의 첫 타자인 KEW는 인기 그룹들의 댄스 콜라보와 역대급 무대 규모로 빵빵하게 마케팅을 한 상태라 팬들의 기대가 매우 컸다.

그러니 기합이 잔뜩 들어간 크로노스가 무리해서라도 연습에 매진하는 건 당연했다.

"〈헤일로의 음악 버스〉 오늘 방영된다고 합니다. 까먹으셨을까 봐 한 번 더 말씀드립니다."

매니저님의 말에도 대답할 기력이 남아 있지 않아 한참 멍하니 있다 겨우 목소리를 냈다.

"그거, 다시 보기로 볼 수 있어요?"

"물론입니다. 연습실에서도 볼 수 있게 노트북으로 결제해 둘게요."

촉박한 시간에 잠을 줄여 가며 연습하고 있는 상황이라 본방을 챙겨 볼 여력은 없을 것 같고. 아쉽지만 어쩔 수 없다.

난 다리를 쫙 펴 주무르며 멤버들을 바라보았다. 주한 형, 고유준, 박윤찬은 안무가 선생님과 함께 〈퍼레이드〉 연습을, 다른 한쪽에선 진성이가 혼자서 합동 무대 연습을 하고 있었다.

다들 잔뜩 지친 얼굴임은 말할 필요도 없다.

당장 오늘 아침부터 합동 무대를 연습하고 왔던 터라 난 조금이라도 체력을 아끼기 위해 가만히 앉아 무릎에 얼굴을 묻었다.

아무리 무리한 일정에 무리한 연습이라고 해도 컨디션 관리에 너무 무책임해져선 안 된다.

이렇게 열심히 해놓고 정작 무대를 할 때 컨디션이 좋지 않으면 모든 게 헛수고로 돌아가니까.

그렇게 잠이 들듯 안 들듯 한참 눈을 감고 있을 때, 내 옆에 누군가 다가와 앉았다.

"어."

난 반사적으로 고개를 들었다. 주한 형이 엉킨 이어폰 줄을 풀고 있었다.

"현우, 괜찮냐?"

"어, 괜찮아. 그냥 쉬는 거야."

"숙소 가면 파스 발라, 바로 자지 말고."

"어어."

주한 형이 이어폰을 나에게 건네주었다. 내가 어리벙벙하게 받아 들자 주한 형은 얼른 귀에 꽂으라 눈짓했다.

"뭔데?"

"너 연습으로 바쁘게 다니는 동안 곡 나왔거든. 네가 저번에 말했던 그 인디 밴드. 도 PD님이 같이 하기로 결정하셨어. 한번 들어 봐."

"벌써?"

빠르군. 하지만 도 PD님과 주한 형의 취향도 확실히 생각해서 제안한 일이라 결정이 빠를 건 알고 있었다.

내가 이어폰을 끼자 주한 형이 곡을 틀어 주었다.

곡을 틀자마자 주한 형 곡의 특징인 감성 힙합 느낌의 전주가 가장 먼저 들려왔다.

도 PD님이 따로 손을 쓴 듯 한층 정리된 곡은 신스와 함께 설렘 가득한 음을 만들어 냈다.

"오오……."

그동안 무슨 일이 있었던 거지?

많은 것이 바뀌었다. 확실히 전주부터 음이 많이 깔려 기대감이 증폭되었다.

내가 감탄하며 주한 형을 보자 형이 뿌듯하게 웃었다. 머리를 짓뜯던 때와는 달리 굉장히 만족한 얼굴이었다.

이제 눈이 아플 정도였던 피곤함은 사라졌다. 집중해서 곡을 들으며 이 곡으로 이루어질 무대를 상상했다.

잔잔하게 이어지던 곡은 중독성 있는 후렴으로 변했고, 천천히 쌓여 가던 설렘과 벅참은 댄스 브레이크의 시작을 알리는 일렉 기타와 드럼 소리로 절정에 달했다.

곡을 듣기만 해도 이 부분에선 어떤 춤을, 이땐 어떤 멤버가 어떤 장면을 보여 줄지 눈에 보이는 것만 같았다.

"좋다……."

나도 모르게 감탄사가 튀어나왔다.

바쁜 일상 속 또 한 번 힘낼 수 있는 선물을 받았다.

내가 작게 중얼거리자 주한 형이 미소 지었다.

"괜찮아?"

"형, 괜찮은 정도가 아니야."

곡이 완전히 끝난 후 난 이어폰을 빼고 말했다.

"미친 거 같아. 너무 좋아. 멋있다, 진짜."

"너도 같이 만든 거야."

아직 컴백하려면 한참이나 남았다. 아직 가사가 정해지지도 않았고 성급해서는 안 될 텐데도 곡을 듣는 순간 조바심이 나기 시작했다.

얼른 이 곡을 한시라도 빨리 사람들에게 들려주지 않으면 안 될 것만 같은 기분이었다.

주한 형은 내 기분을 알기라도 한 듯 말없이 내 등을 두드려 주고 일어났다.

"우선 연습 열심히 하자. 너무 들뜨진 말고. 곡도 완성된 것도 아니야. 너 들려주려고 가져온 거지."

"응, 알겠어."

주한 형이 안무가 선생님과 짧은 대화를 나누고 곧 다시 연습이 시작되었다.

"〈블루 룸 파티〉는 이제 됐어요. 충분히 완벽하니까 연습하지 않고 〈퍼레이드〉부터 다시 갈게요! 댄서들 준비해 주시고."

"네!"

"이번에는 노래도 부르면서 합니다!"

우린 익숙하게 대형대로 섰다. 다들 힘듦을 참아 내는 데에 익숙해진 터라 여전히 숨은 헐떡여도 짧은 휴식에 불만을 토로하는 사람은 없었다.

곧 리믹스 되어 좀 더 엄중해진 전주와 함께 고유준이 따로 녹음한 영어 내레이션이 들려왔다.

그에 맞춰 양손을 모아 지팡이를 짚은 채 정면을 보고 있던 이진성이 가슴께에 손을 얹은 채 인사하는 시늉을 했다.

난 그사이 옷 갈아입는 시뮬레이션을 하며 내 자리의 댄서들과 자리를 잡았다.

단 3일 만에 안무는 그럴듯한 완성도를 갖추어 가고 있었다.

늦은 밤까지 이어지던 연습이 끝나고 완전히 녹초가 된 나는 회사에서 샤워를 마치곤 다시 연습실로 향했다.

"형, 빨리 와. 벌써 포털 사이트 난리 났다고!"

진성이가 호들갑을 떨며 말했다.

오늘 저녁쯤 방영된 〈헤일로의 음악 버스〉가 아무래도 반응이 심상치 않았던 모양이었다.

방송된 지 한두 시간 정도 지났나? 포털 사이트와 파랑새 이슈 파트, 너튜브 인기 동영상을 모조리 점령해 버렸다.

하긴 영이 선생님의 영향력이 얼마나 큰지 방청 정보를 흘린 것만으로 실검을 장악하고 기사가 쏟아지지 않았던가.

그때를 생각하면 딱히 놀랄 만한 일도 아니었다.

"크로노스가 3위예요."

"오오, 멋지다. 영이 선생님께 감사하다고 연락드려야겠다."

"아이, 반응이 그게 뭐야. 형. 왜 그렇게 무덤덤해?"

"이제 튼다."

주한 형이 진성이를 조용히 시키고 매니저 형이 결제해 둔 방송을 틀었다.

다시 보기의 장점이 무엇인가. 바로 볼 수 있는 부분만 골라 볼 수 있다는 것이다.

우린 지금 매우 피곤한 상태였기에 누가 먼저 말하지 않아도 주한 형이 알아서 우리가 출연한 부분으로 커서를 당겨 놓았다.

나와 고유준이 출연하기 전, 영이 선생님의 신곡 부분부터 시작된 영상. 선생님의 노래에 고유준이 감탄사를 냈다.

"나 이거 현장에서 못 들어서 꼭 보고 싶었는데. 역시 선생님 잘 부르시네."

"맞아. 못 부르는 거 절대 아닌데 선생님은 왜 자신이 없으셨대?"

"응? 영이 선생님이 뭐?"

나와 고유준의 대화에 주한 형이 물었다. 우린 아무것도 아니라며 고개를 젓고 다시 노트북 화면을 바라보았다.

곧 영이 선생님의 솔로 무대가 끝이 나고, 선생님의 의미심장한 표정과 함께 분위기가 전환되었다.

진하게 우러나오는 8090의 향기. 그에 관객석의 환호성이 터지고. 곧이어 나와 고유준이 무대로 나왔다.

"어우, 형들……."

"왜, 귀엽구만."

"주한 형, 비웃으면서 그런 말 하는 거 아니야."

"어…… 아니에요. 형들 진짜 멋있어요."

"……어디가?"

팔을 드러낸 고유준, 그리고 있는 잔망 없는 잔망 다 끌어다 재롱부리는 우리들. 솔직히 나와 고유준은 도중부터 보기 힘들어서 고개를 숙여 버렸고 주한 형은 낄낄거렸다.

진성이는 이 춤이 어떤 춤이네 이성적으로 분석했고 윤찬이는 억지로 내 물음에 대답하려 이 무대의 멋있는 점을 심각하게 찾으려 하고 있었다.

"아악! 됐어! 모니터 못하겠어!"

고유준이 뛰쳐나갔다.

난 천천히 오그라듦에 적응하며 그래도 끝까지 모니터링을 완수했다. 이유는 모르겠지만 구석에 앉아 무대를 지켜보는 헤일로의 모습이 간간이 찍혔는데 굉장히 우리를 기특하게 보는 듯한 표정이었다.

아무튼 그렇게 딱히 모난 부분 없이, 아니 꽤 완벽하게 메들리를 선보이고 이어지는 인터뷰 부분.

나나 고유준이나 여러모로 긴장하고 있었던 터라 외운 티가 나는 부분도 있었지만 대체로 잘 진행되었다.

"잘했네, 둘 다. 진짜 고생했었잖아."

"어후, 고생은. 지금이 더……."

나는 황급히 고유준의 입을 막았다.

"쉿쉿. 그런 건 말하면 안 되는 거야."

지금이 더 힘들다고 입 밖으로 꺼내 버리면 기운이 한풀 더 꺾여 버린다고.

다행히 고유준은 이번엔 따로 장난치지 않고 얌전히 입을 다물었다. 고유준도 지금은 장난칠 체력이 남아 있지 않은 걸 테다.

"아무튼 이제 진짜 숙소로 돌아가자. 모두 오늘 너무 고생했고."

"그아자!"

기합을 주며 일어난 고유준을 필두로 멤버 모두 짐을 챙겨 숙소로 향했다.

"수고하셨습니다. 그럼 내일 뵙겠습니다. 일찍 주무세요."

매니저님은 숙소 현관문까지 열어 주고 퇴근하셨다.

어두컴컴한 숙소 불을 켜고 난 곧장 방으로 들어가 침대에 누웠다.

샤워하지 못한 멤버들이 차례로 씻기 시작하며 물소리가 들렸다.

그 와중에 체력이 남은 진성이가 TV를 틀고, 소리를 줄이라는 주한 형의 잔소리가 들렸다.

지치든 말든 화목하다 화목해. 컴컴한 방 안에서 들리는 소리에 난 피식 웃으며 정신이 없어 챙기지 못한 내 휴대폰을 뒤적거렸다.

으음, 우리가 숙소로 돌아오는 동안 포털 사이트의 1위는 '텐텐 영이'에서 '크로노스'로 바뀌었다.

역시 시대의 흐름은 어쩔 수 없는 건가. 열심히 노력하면서도 순간순간 불안한 모습을 보이던 선생님을 생각하면 씁쓸한 일이었다.

요즘 한창 바쁠 때라 D 팀 단체 메신저나 연습생 메신저 등은 조용했다. 하지만 그중 가장 최근 단 한 통, 의외의 인물에게서 메시지가 와 있었다.

아버지

스크롤을 내리려던 손가락이 멈췄다.

'아버지?'

아버지에게서 먼저 연락이 오는 경우는 잘 없는데?

난 무슨 일이라도 생겼나 나름 심각한 생각을 하며 메시지를 열었다. 그리고 내 손가락은 다시 멈췄다.

-방송 잘 봤다. 네 엄마가 좋아했다. 엄마가 좋아하는 가수가 영이야. 바쁜 건 알지만 가끔 집에도 들러라. 엄마가 보고 싶어 한다.

"……."

그냥 간단히 '네.' 하고 대답하면 될 것인데 내 손가락은 화면 위에서 한참이나 머뭇거렸다.

부모님을 실제로 만나 뵌 지, 과거의 시간을 합해 모두 5년이 넘었다.

난 천하의 불효자식이었다.

내 망가진 얼굴을 보며 무너져 내리는 부모님을 보기 싫어 피해 다녔고 결국 과거에 돌아올 때까지 보고 싶다는 두 분의 말을 외면했다.

그때의 행동은 과거로 돌아왔어도 쉽사리 용서받을 수 없는 일인데.

이런 불효자식이 과연 부모님을 뻔뻔한 낯으로 만나도 되는 것일까?

-네, 아버지. 감사합니다.

아버지께 짧은 답장을 보내며 마음이 무거워짐을 느꼈다.

답답함에 쉬이 잠을 청하기까지 오랜 시간이 걸렸다.

텐텐의 멤버 영이의 〈헤일로의 음악 버스〉 출연 이후 해당 방송은 드물게 큰 이슈를 끌었다.

〈헤일로의 음악 버스〉 평균 시청률이 1%에 못 미치던 것을 생각하면 영이 편의 2.1% 대성공 수준의 성적이었고, 해당 편의 클립 영상이 너튜브와 각종 포털 사이트에 올라가며 이슈를 더해 갔다.

영이의 토크, 무대 전부 클립 영상으로 올라갔지만 특히나 반응이 좋은 것은 역시 추억을 불러일으키는 텐텐의 히트곡 메들리.

바로 크로노스 멤버들과 함께한 무대였다.

영이의 파장은 생각보다 컸다. 갑작스럽게 8090세대의 명곡들이 수면 위로 올라서고 다시 유행을 타기 시작했다. 8090세대의 노래를 잘 모르는 10대, 20대 들도 부모님 세대의 노래를 흥얼거렸다.

영이의 영향력과 크로노스의 화제성으로 추억 몰이는 제대로 한 셈이다.

그와 동시에 텐텐의 객원 멤버, 그 시절을 연상하는 의상을 입고 열심히 춤을 추던 상큼이와 귀요미, 크로노스에 대한 관심도 높아졌다.

혀누씨보고싶다 @dldim · 2시
(잔망부리며 귀여운 춤 추는 현우, 유준 투샷.avi)
미친 거 아니냐 크로노스도 가끔 이런 잔망스러운 노래 불러줬음 좋겠다
답장 RT 220 좋아요 422

불렛 @buuluu · 1시
(어깨춤추며 앞으로 나아가는 서현우.gif)
얘가 바로 그 서현우구ㄴㅏ 왜 좋앟아는줄 아라써 옥께이...얘가 흐트러진 머리 흔들어서 정리하고 세상 상큼한 미소지으면서 나올 때부터 난 심장이 부여잡고 저 멤버가 어디의 누구일까 서치하기 시작했지. 고맙다 나의 사랑을 받아줘
답장 4 RT 73 좋아요 134

가격밋현우 @akdw · 3시
텐텐 객원멤버로 함께한 멤버들은 크로노스 둘째와 셋째입니다.
귀여운 모자쓰고 세상 행복한 얼굴로 노래부르던 잘생긴 멤버는 서현우
근육 좔좔 드러내는 나시 조끼 입고 낮은 목소리로 랩하던 배우상 멤버는 고유준
자자, 다들 줄서서 입덕하세요~!
답장 RT 644 좋아요 742

안누 @begopa · 3시간
즐겨 보던 프로그램에 텐텐 전 멤버가 나왔다. 아니 근데

크로노스 걔네들 이렇게 귀엽다고 아무도 말 안해 줬잖아...? 얘네 신비다크 컨셉 밀고 나가던 애들 아녔어??되게 당황스러워서 영상 몇개 찾아보는 중...그중에 서현우라는 애가 맘에 듦

답장 8 RT 294 좋아요 666

└ 고리일세 @ggggorrrri · 30분

@begopa 님에게 보내는 답글
안녕하세요! 초면에 죄송합니다! 크로노스 좋게 봐 주셔서 너무 감사합니다! 서현우라는 멤버는 크로노스의 셋째 고요! 포지션 메인 보컬과 센터를 맡고 있지만 춤도 너무 잘 춰 댄스파트까지 맡고 있습니다! 신비다크 컨셉, 미친 예능감, 쩌는 실력 전부 다 겸비한 그룹입니다! 정말 감사해요! 저희 현우 영업하고 갑니다!!!(퍼레이드 뮤직 비디오 레전드 움짤.gif)

답장 RT 좋아요 38

크로노스저장소 @cno_gallery
(영이 손등에 뽀뽀하는 유준, 카메라를 보며 활짝 웃는 현우)
귀엽고 귀엽고 또 귀엽고 귀엽다 도대체 너희 나한테 무슨 짓을 한 거야...? 머리 존나깨ㅜㅜ
이런 컨셉도....가끔...보여 줘...응

답장 RT 782 좋아요 829

머글이다 @dmdkd · 2시
여러분 제가 평소 아이돌 파는 사람은 아닌데요;; 이 멤버 이름은 궁금함. 이분 어디의 누군가요?
(서현우 두번째 메들리 엔딩 카메라 클로즈업 아이컨택 짤.jpg)

답장 12 RT 107 좋아요 213

다시한번
아이돌

그들의 무대에 반응한 사람들은 이뿐만이 아니다. 방송을 보던 8090세대들이 자식들에게 저들은 누구인지 묻기도 하고, 팬인 것처럼 감탄하며 크로노스가 텐텐 재현을 얼마나 잘했는지 연설을 늘어놓기도 했다.

크로노스에게도 영이에게도 여러모로 이점만 남긴 〈헤일로의 음악 버스〉. 덕분에 영이의 섭외는 가파르게 이루어졌고 대한민국은 8090 음악에 심히 취해 있었다.

"연습 끝! 다들 고생했어요."

"수고하셨습니다!"

KEW 무대 준비가 드디어 끝이 났다. 아니 사실은 크로노스의 무대 준비가 아직 끝나지 않았긴 하지만 그래도 큰불은 어떻게든 끈 참이다.

"모두 고생했어!"

일주일, 짧다면 짧은 시간 동안 함께하며 정을 쌓아 온 멤버들이 연습실 바닥을 기어 다니며 서로를 북돋웠다.

날이 갈수록 예민해졌던 선배들의 표정도 조금 풀렸다.

"밥 먹으러 가자."

"오케이. 웃쨔! 다들 일어나! 현우도 일어나."

"넵."

난 속으로 기합을 넣으며 몸을 일으켰다. 아오, 힘들어. 진짜 힘들어서 자고 싶은데.

하지만 연습은 끝났어도 아직 촬영은 끝나지 않았다.

KEW는 마지막 연습이 끝나는 날 저녁, 식사 자리를 만들어 그동안의 회포 풀기 시간을 마련했다.

사실 회포 풀기라고는 해도 딱히 쌓인 회포는 없었고 그냥 마지막 예능용 분량을 쌓는 과정이겠지만.

역시나 이 자리도 제일 막내인 나는 선배들의 말에 쉽사리 끼지 못하고 조용히 먹는 분량만 챙길 가능성이 크긴 하다.

"고깃집이에요? 술도?"

"네, 고깃집이에요. 여러분들 이거 끝나고도 따로 그룹 연습 잡혀 있다길래 술은 준비하지 않았는데요. 원하신다면 준비할게요."

"에이, 우리 나이가 몇인데! 준비해 주셔야지."

"저희 한 음주 연습합니다."

첫 번째, 두 번째 파트를 통틀어 가장 연차가 긴, 대선배님 두 분이 제작진에게 말했다.

말단 신인에 아직 미성년자인 우리에겐 어림도 없는 소리지만 가끔 선배님들이 공식적인 음주 방송도 하는 걸 봤기 때문에 딱히 기겁할 정도로 놀라진 않았다.

조금 놀랐다.

제작진은 흔쾌히 오케이를 외쳤고 그들의 매니저들도 이

에 대해 별생각은 없어 보였다.

걱정하는 건 오히려 미성년자라 술은 입에도 못 대는 나와 진성이의 매니저 수환 형이었다.

"분위기가 많이 풀리겠지만 거기에 휩쓸려서 편해지면 안 됩니다."

"알죠, 당연히."

"현우 씨는 걱정 안 됩니다. 진성 씨가 걱정되지."

"아, 제가 왜요! 전 현우 형 옆에 붙어서 고기만 먹을 거거든요?"

그 말에 난 질색하며 진성이를 떼어 냈다.

"아, 싫어. 네가 옆에 있으면 종일 나만 고기 구워야 하잖아."

"그럼 내가 형 옆이 아니면 어디에 있어?"

"하이텐션으로 가. 언제는 하이텐션 멤버 하고 싶다며."

"그걸 아직도 이야기해?"

진성이는 완전히 토라져서 알뤼르 형들 사이로 사라졌다.

아무튼 우리는 모두 각자의 차를 타고 회식 장소로 모였다.

가게 하나를 통째로 빌린 듯 조용한 내부. 우린 편하게 자리에 앉아 떠들어 대기 시작했다.

회식이 길어지고 있었다. 이런 게릴라적인 일정을 처음 겪어 본 매니저 형은 뒤에서 입술을 잘근거리다 전화하러 밖으로 나섰다.

정말 풍경에서 술 냄새가 난다는 게 이런 것인가.

다들 방송임을 고려해서 적당히 마시긴 했지만 텐션이 몇 배는 올라간 건 틀림없다.

"아이고, 현우야! 한잔해!"

"아, 선배님. 저 미성년자라······."

"······헐, 맞다. 안 되지. 현우야, 한잔해!"

전화 선배는 들고 있던 소주병을 내려놓고 사이다 병을 들어 나에게 들이밀었다.

난 아직 반이나 남은 사이다 컵을 들어 전화 형이 따라 주는 사이다를 받으며 마른침을 꿀꺽 삼켰다.

와, 소주를 눈앞에 두고 사이다!

참 씁쓸해지는 상황이다.

"우리 현우, 형이 많이 아끼는 거 알지?"

"네? 네, 알죠. 여러모로 챙겨 주셔서 감사합니다, 선배님."

"유전화 또 저러네. 쟤는 한 잔도 먹이면 안 돼. 무슨 질척 거림 몬스터가 된다고."

전화 선배와 같은 그룹의 멤버가 키득거리며 말했다.

"야, 전화야. 후배 괴롭히지 말고 떨어져, 인마."

전화 선배가 나에게서 떨어졌다. 그 외에도 이동우 선배가 다가와 갑자기 내 앞에 샐러드와 고기를 얹어 주고 갔고, 조용하던 민성 선배도 다가와 셀카를 청했다.

어, 음, 확실히 술기운들이 도니 다들 애정이 격해지는 모양이다.

하지만 애정이 격해지는 멤버는 첫 번째 파트의 멤버들뿐만이 아니었다.

"현우야, 한참 찾았잖아!"

"엥? 선배님?"

다원 형이 세연 형과 함께 붉게 달아오른 얼굴로 다가왔다.

오른쪽에는 다원 형 왼쪽에는 세연 형, 마치 알뤼르 감옥에 갇힌 꼴이 되었다.

형들에게선 약간 술 냄새가 났다. 알뤼르 형들이 있던 곳에는 고참 선배들이 모여 있었던 만큼 내가 있는 곳보다 조금 더 술이 들어간 모양이었다.

"이 즐거운 분위기를 이대로 흘려보낼 수 없지."

"아니, 선배님. 그만 드세요. 오늘 또 연습하셔야 하는 거 아니에요?"

난 내 사이다가 담긴 컵을 다원 형에게 건네주며 말했다. 그러자 다원 형은 시원하게 사이다를 원샷 하고 고개를 저었다.

"아유, 우리는 벌써 끝났지. 원래 알뤼르는 무대 직전엔 연습 안 해. 다치면 억울하잖아."

아, 그러고 보니 알뤼르는 무대 직전에 연습하면 꼭 한 사람 다친다는 징크스가 있다고 인터뷰에서 말한 걸 봤다.

"현우야! 여기 봐. 인사해. 안녕하세요 해."

"네?"

세연 형은 또 무슨 일이지?

세연 형은 어느새 휴대폰을 들고 와 동영상 촬영을 하고 있었다.

딱 붙어 화면에 나를 비추길래 난 빠르게 카메라에 인사하고 컵에 사이다를 따라 세연 형에게 건네주었다.

"선배님도 사이다 드세요."

"어? 어허! 선배가 뭐야, 선배가. 평소처럼 형이라고 불러야지!"

······크흠, 선배라고 부른 게 화낼 일인가.

과할 정도로 술을 마시는 사람들은 아니니 적당히 분위기에 흥이 오른 모양이긴 한데 아무튼 신나 보인다.

"맞아. 현우 뒤에선 형이라고 부르는 거 팬들 다 안다? 너 형이라고 부르는 거 보고 싶다고 그런다고."

다원 형이 말했다.

난 민망한 표정으로 웃었다.

"팬분들이요?"

"응, 그러니까 카메라에 보이게."

세연 형이 카메라를 조금 더 가까이했다.

"팬분들한테 보여 주자. 귀엽게 선배님 말고 형이라 불러 보세요. 자, 다윈 형한테."

귀엽게는 무슨.

매일 부르고 있으니 딱히 어려운 건 아니지만.

"어, 음."

멍석이 깔렸을 때는 이야기가 다르다.

그냥 '형' 한마디 하면 되는 건데.

어째 시련이 찾아온 것만 같았다.

"현우 형 얼굴 빨개졌어!"

"어? 뭔데 뭔데? 현우 뭐 하는데?"

"알뤼르 선배님께서 현우 형한테 형이라 부르라고 하셨어요!"

큰일이다. 진성이의 호들갑에 선배들의 시선이 나에게 꽂히기 시작했다.

"현우, 알뤼르 멤버들한테 형이라 부르기로 한 거야?"

"예? 아니 아니……."

유전화 선배의 말에 자동으로 고개가 저어졌다. 그러자 세연 형이 어깨로 내 몸을 밀었다.

"뭔 소리야? 우리 애, 평소엔 형이라고 잘만 불러요."

"왜 우리한테는 형이라고 안 불러?"

"예?"

세연 형의 말에 길길이 날뛰기 시작한 건 첫 번째 파트의 멤버들이었다.

　"일주일이나 같이 했는데 따박따박 선배님 붙이는 것도 대단해. 나 같으면 벌써 말 텄다."

　"현우 낯가림 심하다니까."

　이동우 선배와 다원 형이 말했다. 난 들이밀린 휴대폰 카메라와 어딘가 숨어 있을 방송국 카메라, 그리고 하늘같이 높은 선배들 앞에서 어쩔 줄 모르고 민망한 웃음을 지었다.

　"알뤼르 선배님들은 어릴 때부터 같이 연습했었어서……."

　"아, 맞다. 원래 목적을 잊으면 안 되지. 현우야, 형!"

　"아니 그게……."

　다들 술이 들어가니 이렇게나 날 난감하게 하는구나. 다들 무슨 장난기가 돌았는지 흥미롭게 나를 바라보고 있었다.

　하기도 빼기도 뭣한 상황.

　아니, 차라리 하는 게 좋을 것 같은 상황.

　난 눈을 굴리다 조용히 중얼거렸다.

　"형……."

　"어어? 뭐라고? 잘 안 들렸어."

　"현우야! 여기까지 들리게!"

　"고마해 고마해~ 현우 울겠는데?"

　형들은 신났고 진성이는 낄낄거렸다. 난 울상을 짓다 다시 입을 열었다.

"형."

"누구 형?"

"아, 진짜."

다윈 형까지? 내가 난감한 표정을 해도 다윈 형은 씩 웃을 뿐이었다.

"······다윈 형."

"혀엉! 워어! 혀엉!"

그와 동시에 구경을 위해 우리 테이블로 왔던 형들이 모두 손뼉을 치며 환호했다.

내 얼굴이 빨개지고 있는 게 스스로도 느껴졌다.

진짜 놀리는 데 도가 텄다, 다들.

"원래는 잘만 부르면서 왜 부끄러워해?"

"아니, 멍석 깔아 주면 못 하죠····· 잘."

"형이 부끄러워하니까 선배님들께서 놀리시는 거 아냐?"

"자, 마지막으로 세연 형까지 듣고 동영상 녹화 종료할게요. 현우야!"

······아아, 도저히 난 이 부끄러움을 견딜 수 없다.

"모, 못하겠어요!"

난 세연 형과 다윈 형의 손을 뿌리치고 일어나 화장실로 도망쳤다.

"현우, 어디 가?"

"도망가는 거야?"

"큰일 났네. 잡으러 가 볼까."

"아, 후배 그만 좀 놀려! 우리 막내한테 하던 짓을 똑같이 하고 있어!"

"아, 귀엽잖아."

내 뒤로 선배들이 키득거리는 소리가 들렸다. 역시 오래 방송해 온 사람들답다. 짓궂음이 수준급이다.

잠시 후, 내가 자리로 돌아오자 잔뜩 들떴던 멤버들은 조금 가라앉아 각자 편안히 수다를 떠는 분위기가 되어 있었다.

다원 형이 슬쩍 내 옆에 앉았다.

"현우야, 아까 너네 매니저랑 이야기했는데 세연이가 찍은 영상 우리 파랑새 채널에 올리기로 했어."

"아, 넵. 그럴 줄 알았어요. 사실."

어차피 방송국에서 우리끼리 합동 무대 한다고 광고하고 있으니 스포 걱정도 없고, 아까 세연 형이 팬들한테 보여 줄 거라고 했으니까.

"팬들이 좋아할 거야."

"이제 너무 놀리지 마요. 형."

다윈 형은 세연 형의 휴대폰을 나한테 건네주며 웃었다.

다윈 형의 얼굴엔 드물게 장난기가 가득했다.

"모두 고생했어! 무대 때 보자!"

"현우, 진성이. 형이 기대할게!"

"네!"

내가 화장실로 도망간 사이 어느새 진성이도 선배들과의 호칭을 형으로 바꿨다.

진성이야 뭐, 원래 고유준 다음으로 사교성 좋은 멤버고 귀여움 받는 성격이니 예상하고 있었다.

우린 회식을 마치고 곧장 크로노스 연습실로 향했다.

이제 무대까지 하루.

크로노스 무대도 오늘까지는 실수가 없도록 완벽히 연습해야만 했다.

"윤찬이, 더 빨리 뛰어서 자리로 돌아와야 해!"

"네!"

"둘, 셋! 댄서들 물러서고!"

멤버든 댄서든 실수하면 자비 없이 지적당하고 정말 온몸의 체력을 다 쏟아서 연습에 임했다.

대형 무대 위 라이브임을 감안해 훨씬 넓은 연습실로 옮겨

세팅한 탓에 체력이 약한 윤찬이는 막판엔 거의 울면서 안무를 소화했다.

"끝, 수고했어요!"

"으허어……."

드디어 연습이 마무리되고 우린 곧장 바닥에 엎드렸다.

연습실 바닥의 찬 기운 덕분에 그나마 살 것 같았다.

멤버 모두 고생했지만 특히 그중 앞서 이미 연습을 하고 온 나와 진성이는 유독 기운을 차리지 못하고 오랫동안 누워 있었다.

"잘……것 같은데……."

그와 동시에 우습게도 진짜로 잠이 들었다.

일어나 보니 마음의 준비를 할 새도 없이 하루가 지나 공연 당일이 되어 있었다.

그게 잠이었는지 기절이었는지는 모르겠지만 어쨌든 쏟아지듯 잠을 자고 일어나 보니 거짓말처럼 정신이 말끔해졌다.

아마 생존을 위해 본능적으로 깊게 잠이 든 모양인데, 그 덕분인지 무대 준비에 완전히 몰입할 수 있어 다행이었다.

아직 해도 뜨지 않은 새벽, 일찍이 잠실 실내 체육관에 도착한 우리는 분주했다.

스태프가 준비해 준 도시락은 눈에 들어오지도 않았다.

생방송이고 무대 규모도 커서 실수하지 않고 되도록 빨리 리허설을 마치기 위해 각자 연습을 반복해야만 했다.

"KEW도 이렇게 큰 곳에서 하는 건 처음이지 않아?"

"그러게. 지금까지는 방송국 세트장에서 진행하더니. 하긴, 작년 SES뮤직페스티벌이 워낙 반응이 좋았으니 시도해 볼 만하지."

스타일리스트 누나들이 우리들의 의상에 보석을 달며 대화했다.

작년 SES에서 큰돈을 쏟아부어 콘서트 못지않은 무대들을 만들어 놓은 덕분에 이번 연말 무대들은 하나같이 규모가 크다.

그 덕분에 우리 같은 신인들은 정말 속이 아플 정도로 긴장해야만 했다.

"크로노스, 무대 뒤로 이동하실게요."

"네!"

난 대충 어깨에 걸쳐 두었던 이름표 끈을 묶으며 일어났다.

크로노스 비하인드 캠과 KEW 측에서 준비한 카메라가 동시에 따라붙었다.

-첫 리허설인데 많이 긴장되시겠어요.

KEW VJ의 질문에 긴장한 얼굴을 간신히 풀어내며 미소 지었다.

"네, 엄청 긴장돼요. 실수하면 안 된다고 생각해서 되게 열심히 연습하기는 했는데……. 음, 잘 모르겠어요. 하하."

─현우 씨는 원래 실전에 강하신 편이잖아요.

"네? 아이, 전혀 아니에요. 하지만 실전에 강해 보이려고 노력하고 있습니다. 열심히 하겠습니다!"

VJ님은 내 인터뷰를 마무리하고 윤찬이에게로 향했다. 그다음은 우리 크로노스의 비하인드 카메라가 다가왔다.

크로노스 팀 카메라 스태프는 다행히 긴장한 우리들을 배려해 아무런 질문도 건네지 않았다.

"크로노스 왔습니다!"

무대 뒤로 도착하자 평소 음악 방송과는 비교가 안 될 정도로 많은 사람들이 정신없이 돌아다니고 있었다.

"안녕하십니까! 잘 부탁드립니다!"

무대 스태프들은 움직이느라 바빠 우리의 인사를 제대로 받아 주는 분이 아무도 없었다.

"크로노스한테 마이크 채워!"

"네!"

"우진 씨 어디 갔어? 무전기 누구한테 있어! 크로노스 들어왔다고 밖에 전달해야 하는데?"

"저한테 있어요! 제가 할게요!"

정말 가만히 서 있는 게 죄송할 정도로 바빠 보였다.

무대에선 크로노스의 뮤직비디오 촬영 당시 찍었으나 뮤직비디오엔 들어가지 않았던 영상들이 도 PD님의 B-side 곡과 함께 편집되어 재생되고 있었다. 아마 지금은 영상 재생 타이밍을 리허설 하는 중인 모양이었다.

그 와중, 무대 뒤에 대기 중이던 또 다른 KEW 카메라가 다른 멤버들을 거쳐 마지막으로 나에게 다가왔다.

카메라맨의 곁에는 커다란 음표 탈을 쓴 누군가가 함께였다.

–안녕하세요, 현우 씨.

"네, 안녕하세요!"

난 그들에게 반갑게 인사했다. 지금까지 다가왔던 카메라들이 단순 무대 뒷이야기를 찍기 위한 카메라들이라면 지금의 촬영분은 성격이 좀 다르다.

–리허설 중 실례지만 저희 음악이와 이야기 좀 나눠 주세요!

"오우……! 하하! 음악이! 넵!"

KEW의 너튜브 채널용 영상으로 이곳에 오며 매니저님께 설명을 들어 놀라지는 않았지만 진행자가 너무 본격적인 분장을 하고 있어 당황스럽긴 했다.

어떻게 이렇게 완벽하게 분장했지? 사람의 형체는 없고 그냥 커다란 음표가 짜리몽땅한 다리와 팔만 달고 움직이는 모양새였다.

약간 움직임이 소란스러운 편의 KEW 어워드 마스코트

캐릭터다.

난 신기함에 음표의 소란스러움을 구경하며 살짝살짝 건드려 보았다.

"음악이랑, 무슨 일이신가요?"

―옙, 이번 KEW 어워드를 맞아 크로노스의 팬, 고리분들에게 다양한 질문을 받았습니다. 현우 씨, 음악이가 내는 질문을 5초 안에 대답해 주세요!

"오오, 네! 기대되네요."

―음악아, 질문해 줄래?

VJ님도 나도 철저히 음악이 세계관을 지켜 주며 촬영에 임했다. 음악이는 말 대신 펄쩍펄쩍 뛰며 대답을 대신했고 가져온 스케치북을 펼쳐 나에게 보여 주었다.

고양이 / 강아지 어느 쪽?

"강아지! 본가에 세 마리 키우고 있어요. 하지만 고양이도 좋아합니다."

오늘 아침 뭐 먹었어요?

"아까 도시락이요."

가장 존경하는 선배는?

"알뤼르의 다원 선배님!"

가장 만남이 잦은 연예인 친구는? 크로노스 제외.

"크로노스의 고유준! 아, 크로노스 제외? 어…… 하이텐션의 우지혁 형? 친구는 아니지만 제일 많이 만나는 건 김진욱 씨."

데뷔 후 제일 행복한 순간은 언제?

"어……어이이지이이금!"

TMI 한 가지.

"TMI? 요즘 유연성이 늘어났어요. 다리 찢기 한 98도 정도."

KEW 어워드 중 가장 기대되는 무대는?

"개인적으로 레나 선배님 무대와 알뤼르 선배님 무대, 그리고 저희 크로노스 무대가 제일 기대됩니다. 합동 무대도 기대 많이 해 주세요!"

레나 선배는 작년 대상 가수답게 아마 엄청난 무대를 준비했을 것 같고, 알뤼르 형들은 직속 선배라 하는 말이 아니라 정말로 연말마다 레전드 무대를 만들어 내는 터라 기대하고 있다.

　　끝

─현우 씨, 답변 감사합니다! 그럼, 리허설 힘내시고요!
"저야말로 감사합니다! 리허설 잘 끝내고 오겠습니다."
난 양손을 꽉 쥐어 흔들며 인사했다. 카메라와 음악이 뒤로 빠졌다.
"크로노스, 무대 들어갑니다!"
스태프가 크로노스 멤버들을 모아 무대로 안내했다.
우린 지시대로 일렬로 들어가 허리 숙여 인사했다.
"크로노스입니다! 잘 부탁드립니다!"
"네, 리허설 시작하겠습니다."
피곤한 듯 혹은 귀찮은 듯한 감독님의 목소리가 스피커를 통해 울려 퍼졌다. 우리의 첫 연말 무대의 본격적인 시작을 알리는 목소리였다.

"수고하셨습니다. 아직 무대에서 내려오지 마세요."

준비한 첫 번째 무대가 끝나고 무기력한 감독님의 목소리가 들렸다.

"허억……허억……."

난 무릎에 손을 얹고 허리를 숙인 채 숨을 몰아쉬었다.

첫 번째 리허설일 뿐인데 무대가 워낙 넓고 빠르게 자리 이동을 해야 하다 보니 금방 숨이 가빠졌다.

"이대로 다음 리허설 진행해도 되겠어요?"

스태프의 말에 한번에 허리를 펴며 손을 들었다.

"저, 죄송한데 보컬 조금만 올려 주세요."

"어, 저는 MR 낮춰 주세요."

"네, 알겠습니다."

무대가 재세팅되는 동안 뒤에서 촬영 중이던 비하인드 카메라가 올라와 멤버들을 찍기 시작했다.

"쉬는 건 찍으면 안 돼요. 누나. 창피하단 말이에요."

진성이는 주저앉아 휴식을 취하다 카메라가 다가가자 벌떡 일어나 투덜거렸다. 그러곤 나에게 다가와 갑자기 춤 연습을 하기 시작했다.

"……진성이 단순하게 웃기네."

지친 모습을 보이는 게 그렇게 싫은 모양이다. 함께 연습하자고 이리로 온 모양인데 난 조금이라도 체력을 아끼고 싶어 그냥 진성이의 모습을 흐뭇하게 구경하기만 했다.

그러자 진성이가 움직임을 우뚝 멈추고 상체를 좌우로 흔들며 툭툭 날아오는 팔로 날 쳐 대기 시작했다.

"아아, 형, 연습해야지."

"열심히 하는 건 기특한데 진성아, 그러다가 진짜 무대 할 때 체력 떨어지면 안 돼."

진성이는 내 말에 움찔하더니 설렁설렁 연습을 재개했다. 이번엔 아까보다 조금 힘을 뺀 채였다.

"알지 알지. 이제 나 무리 안 해."

다행이라고 해야 할지 안타깝다고 해야 할지 늘 열정 과다였던 진성이는 다리를 다친 이후 자제하라는 형들의 말을 듣게 되었다.

"와, 여기 너무 높은데?"

머리 위에서 저음의 작은 목소리가 들려왔다. 고개를 들자 고유준이 커다란 배 위에서 탄식을 내뱉으며 아래를 바라보고 있었다.

"여기서 뛰어내려요? 안전한 거 확실하죠?"

"스태프들이 몇 번이나 직접 확인했고 절대로 안전해요. 작년에도 재작년에도 비슷한 세트가 있었고 한번도 사고 난 적 없으니까 걱정 마세요. 유준 씨."

이번 크로노스 신곡으로 공개될 새로운 세계관 스토리 스포일러도 겸해 고유준이 배 위에서 뒷걸음치다 사라지는 연출을 하기로 했다.

그런데 사라지는 연출이라는 게 관객들 입장에선 자욱한

연기 속에서 갑자기 고유준이 없어지는 것으로 보이겠지만 사실은 뒤로 뛰어내리는 것이라 매트를 깔아 놔도 좀 무서웠다.

"무섭다. 근데 재밌겠다. 지금 한번 해 볼까요?"

고유준은 방금 전까지는 겁을 먹은 표정이더니 금방 자신의 페이스를 되찾고 폴짝 뛰어 가볍게 매트로 착지했다.

아까 전 대기실에 있을 때까지만 해도 긴장으로 가득하던 얼굴들이 지금은 한층 누그러졌다.

계획했던 대로 무대가 진행된 덕분이었다. 다만 걸리는 건 음향 상태인데. KEW도 연말 무대를 이렇게 크게 한 적은 처음이라 음향이 왔다 갔다 했다.

〈블루 룸 파티〉에선 인이어로 들리는 소리가 살짝 밀려서 들렸고 〈퍼레이드〉에선 MR이 크거나 목소리가 너무 크게 들리거나 해서 어느 한쪽이 잘 안 들렸다.

큰 규모의 무대에서는 자주 있는 일이지만 경험이 적은 우리에게는 걱정될 수밖에 없는 일이었다.

"크로노스, 다시 한번 해 볼게요. 이번엔 영상부터 들어가는 것으로."

리허설이 다시 시작되었다.

두 번째 리허설도 세 번째 리허설도 음향에 문제가 있었다. 강박적으로 연습한 우리는 전혀 실수하지 않았지만 아무래도 기기적 문제 외에 스태프들의 실수도 있는 모양이라 두 번째, 세 번째로 향할수록 무기력하고 기운 없었던 감독님이 점점 화를 내기 시작했다.

결국 얼어붙은 상황에서 겨우 리허설을 끝냈다. 감독님은 굳은 우리를 보고 우린 좋았다고 뒤늦게 칭찬해 주셨다.

그리고 생긴 긴 휴식 시간.

우린 가까운 음식점에 들러 늦은 점심 식사를 했다.

"나는 치즈돈까스."

진성이가 가게에 들어오자마자 말했다.

"매니저 형, 라면 먹어도 돼요?"

고유준이 말하자 매니저 형 대신 주한 형이 정색하며 고개를 저었다.

"뭔 라면이야? 밥을 먹어, 인마. 라면 같은 거 먹으면 소화 안 돼."

그러자 고유준이 장난스러운 미소를 지었다.

"형은 맨날 우리 라면 끓여 줬잖아. 그건 뭐야? 그건 할 수 있는 요리가 라면뿐이라 어쩔 수 없었던 거야?"

"……."

주한 형은 말없이 고유준을 등짝을 때리고 들어갔다.

정곡을 찔린 모양이었다.

"모두 리허설 고생하셨어요."

매니저 형이 주문을 마치며 기특하다는 듯 미소 지었다.

"음향 쪽에 문제가 있었다던데 티도 안 내고 잘해 주셨어요."

"사실 음향만 문제 있는 건 아니었어요."

내가 물을 따르며 말했다. 총괄감독님이 그렇게까지 화를 낸 건 이유가 있었다.

음향은 대표적인 제작진의 실수였고 리허설을 할 때마다 어떤 때는 조명이, 어떤 때는 카메라맨이 실수를 했다.

전체적으로 준비되지 않은 것 같은 상황. 방송을 성공적으로 진행해야 하는 감독님의 신경이 날카로워질 만도 하다 생각했다.

"아무튼 본방에서도 정신 바짝 차리고 해야 돼. 지금처럼 돌발적인 사고가 생길 수도 있고. 어제 알뤼르 선배님께 들었는데 생각보다 무대에서 돌발적인 일이 많다더라."

주한 형이 말했다. 평소 이런 일이 있을 때 가장 많이 걱정하는 것이 주한 형인데 오늘은 꽤 침착해 보였다.

그래서일까, 다른 멤버들도 주한 형의 상태를 크게 살피진 않는 눈치였다.

하지만 내 눈엔 완벽하지 못한 리허설에 애써 태연한 척하는 것이 티가 났다.

"본방까지는 문제들 해결해 주신다니까. 밥 든든하게 먹고. 그래도 무대 서 보니까 좀 감 잡히는 것 같지?"

"대형 연습실에서 하는 것보다 훨씬 좋지."

라면 대신 된장찌개를 시킨 고유준이 주한 형의 말에 맞장구 쳤다.

그러자 주한 형이 무언가 생각났다는 듯 단음의 탄성을 내뱉었다.

"유준이, 무대 끝나고 할 일 있어?"

"나? 딱히 없는데. 어워드 끝나고 바로 다음 가요제 연습하는 거 아니었어?"

그러자 매니저 형이 말했다.

"맞습니다. 죄송하지만 연초까지는 쉼 없이 달려야 할 거예요."

난 너무 미안해하는 매니저 형의 등을 토닥거리며 모니터를 위해 가지고 있던 휴대폰을 건네주었다.

"쉬는 것보단 연습하는 게 나아요. 큰 무대에서 멋진 모습만 보여 주고 싶으니까."

대부분 체력에 맞춰 일정을 짜던, 아니 작은 콘서트 이외의 일정 외엔 잘 없던 영이 선생님의 매니저이시니 우리가 쉬지 않고 스케줄을 소화하는 모습이 아직 적응되지 않으신 모양이다.

대화를 나누는 사이 식사가 도착했다. 주한 형은 직원이 내려놓는 접시들을 각자의 자리에 옮겨 주며 고유준과의 대화를 이었다.

다시한번
아이돌

"무대 연습 끝나고 할 일 있냐는 말이야."

"연습 끝나고? 뻗어 자겠지. 왜?"

"견딜 만하면 같이 작업실 가자고."

주한 형의 말에 유유자적하게 물을 마시던 고유준이 콜록 거렸다.

"내가? 서현우가 아니고? 도 PD님 작업실 말하는 거 맞아?"

"그럼 작업실이 거기 말고 또 어디 있어."

"엥, 내가?"

가만히 있어도 화가 난 것 같은 얼굴과 까칠하고 예민한 도 PD님. 고유준은 항상 도 PD님을 어려워하곤 했다. 그래서인지 고유준의 얼굴은 벌써부터 싫은 기색을 잔뜩 비쳤다.

"나 도 PD님께 잘못한 일은 하나도 없는데."

"당연히 없지. 최근 만난 적도 없잖아. 그게 아니고 작사 관련해서 할 이야기가 있으시대."

"엥?"

물컵을 내리던 고유준의 손이 완전히 멈췄다.

"〈블루 룸 파티〉처럼 이번 신곡도 크로노스 참여율을 높이는 게 어떻냐고 하더라."

"헐, 나는 완전 좋은데?"

고유준의 안색이 밝아졌다. 그 까다로우신 그 도 PD님이 신곡 작사를 위해 자신을 불렀으니 내색 안 하려고 해도 사실 엄청 기쁠 거다.

매니저 형은 두 사람의 대화를 지켜보다 말했다.

"저, 다들 바쁘신 와중 언제 이야기를 해야 할까 고민했습니다만."

"네?"

"뭘요?"

"저번에 윤찬 씨와 진성 씨 방에 담배 냄새가 올라온다고 하셔서요. 이번 〈블루 룸 파티〉 1위 했을 때 지원 팀에 이사를 제안했거든요. 그게 최근 결재가 떨어졌어요."

정적이 일었다. 진성이가 맛있게 먹던 돈까스를 내려놓고 눈이 동그래져선 물었다.

"저희 이사 가요?"

그러자 매니저 형은 아무런 표정도 없이 고개만 살짝 끄덕였다.

"네, 조만간. 위치는 정해지지 않았지만 연말 무대가 끝날 때쯤엔 전부 정해질 겁니다."

"와, 진짜. 와, 진짜! 내가! 담배 냄새 때문에 진짜 얼마나 고생을 했는데에! 드디어!"

"그렇죠? 늦어서 죄송합니다. 아티스트를 담배 냄새 나는 숙소에 둘 수는 없죠."

진성이가 우는 시늉을 했다.

"진짜 매니저 형, 그냥 계속 저희 매니저 해 주시면 안 돼요?"

"맞아요. 임시라는 거 너무 슬퍼요."

진성이와 윤찬이의 말에 매니저님이 씁쓸히 미소 지었다.

"그건 제가 정하는 것이 아니고 위에서 정하는 거라……. 일단 제가 있는 동안엔 최선을 다해서 케어할 생각입니다. 분명 더 좋은 분이 와 주실 거예요."

아니야! 수환 매니저님만큼 멤버들의 말을 한마디 한마디 귀담아들어 주는 매니저가 있을 리 없어!

내가 단호한 매니저 형의 말에 아쉬움을 표하자 매니저 형은 시선을 피하며 제 앞의 식사를 재개했다.

다들 배가 고팠던 차라 접시는 빠르게 비워졌고 곧 다시 차를 타고 현장으로 향했다.

어떤 집으로 이사하고 싶은지 등 이사 이야기로 떠들어 대던 우리는 체육관의 모습이 보이자마자 다시 입을 꾹 다물고 긴장했다.

"저것 봐. 사람 엄청 많아."

"전부 관객인 거 같은데."

"그렇지, 응원봉이랑 슬로건 들고 계신 거 보면?"

오후 1시. 아직 본리허설이 남았음에도 불구 체육관 밖은 벌써부터 사람들로 가득했다.

정말 다양한 가수의 팬들이 줄을 이었는데 그중 고리들의 모습도 많이 보였다.

시간이 지날수록 팬들에 대한 애정도 커져서 그런 걸까? 얼마 전까지만 해도 다른 가수의 팬들도 있어서, 그들의 눈빛에 긴장이 되었다면 지금은 무엇보다도 우리들의 팬에게 제일 멋있는 무대를 보여 주고 싶은 욕심에 크게 긴장되었다.

그건 나뿐만 아니고 다른 멤버들도 마찬가지인 모양인지 다들 굳은 얼굴 속 비장함이 보였다.

"정신 바짝 차리고 정말 잘하자. 혹시 MR이나 마이크에 문제가 생겨도 무시하고 그냥 하는 거야."

주한 형의 말에 큰 대답들이 돌아왔다.

본리허설 다음은 정말 본방.

실수 없이 성공적으로 끝내고 싶은 마음뿐이었다.

저녁 7시 반, 길고 길었던 리허설이 끝나고 드디어 KEW 어워드가 시작되었다.

우리의 주변으로 스태프들이 바글거렸다.

평소 잘 입어 보지 않았던 정장 차림, 잔뜩 힘을 준 메이크 업과 헤어.

우린 관객들에게 모습을 보이기 직전까지 스타일리스트 누나들에게 잡혀 있었다.

"어워드가 끝날 때까지 관객들이 여러분들을 지켜보고 있을 거예요. 행동에 조심하고 혹여 무대를 지켜보는 동안 자세 풀리지 않도록 하세요."

"네!"

"준비됐죠? 크로노스도 대기."

긴장 속, 설명을 끝마친 제작진이 무대 뒤 현장으로 향하는 문을 열어 주었다.

무대 뒤에는 하이텐션, 스트릿센터, 알뤼르를 포함해 전 출연진이 일정한 거리를 두고 대기 중이었다.

무대에선 MC들이 진행하는 소리가 마이크를 타고 들리고, 관객들의 환호 소리 또한 들렸다.

현장음은 웅웅 크게 울리고 관객들의 소리 또한 평소 우리가 듣던 것보다 훨씬 커서 수시로 긴장되는 몸을 풀어 줘야만 했다.

-자, 그럼, KEW 어워드를 빛내 줄 출연자분들을 소개해 보도록 하겠습니다.

MC의 진행과 함께 바닥에 진동이 일었다. 쿵쿵거리는 BGM, 그와 함께 가장 앞에 서 있던 아티스트부터 차례대로 무대로 나아갔다.

"으어…… 나간다……."

윤찬이의 긴장한 목소리가 들렸다. 난 침을 꼴깍 삼키며 걱정스레 점점 무대로 사라지는 아티스트들을 바라보았다.

정말 긴장되어 죽을 지경이다.

천천히 천천히 무대와 가까워지다 결국 크로노스가 대기 줄의 가장 앞에 섰을 때, 스태프가 내 등에 손을 얹었다.

"어? 네?"

"크로노스, 출발!"

스태프는 내 등을 강하지 않게 밀어 무대로 내보냈다. 나와 크로노스 멤버들은 제작진에게 밀려 마음의 준비를 할 시간도 없이 무대로 향했다.

무대에 모습을 드러내자마자 귀가 아플 정도로 들려오는 함성. 우리를 소개하는 MC의 목소리가 들렸다.

-최근 무섭게 치고 나오는 화제의 신예 크로노스! 올해 하반기 가장 활약을 했다고 해도 이상하지 않은 그룹입니다. 모두 크로노스에게 박수를 보내 주십시오.

박수 대신 환호가 더욱 커졌다. 우린 아직 긴장이 덜 풀린 얼굴로 미소를 지으며 인사하고 손을 흔들며 무대 중앙으로 향했다.

그 이후 출연진 모두가 무대에 올랐다.

-정말 역대급 라인업, 가요계의 한 획을 그은 아티스트분들도 있고요. 괴물처럼 바짝 치고 나온 신인분들도 있네요.

-네, 이 엄청난 아티스트분들이 협력하여 정말 멋진 무대들이 많이 준비되어 있으니 여러분들 끝까지 지켜봐 주시길 바랍니다.

-그럼, 본격적인 진행에 앞서 VTR 보시죠!

무대가 어두워지고 우리들의 뒤에 설치된 화면에서 준비된 영상이 흘러나왔다.

KEW 어워드를 소개와 출연진의 음악 방송 자료, 연예계 주요 인사들의 축하 말이 포함된 영상이었다.

VTR이 방영되는 동안 우린 스태프를 따라 무대에서 내려와 크로노스의 자리로 향했다.

그 이후 지체 없이 배우 유지은이 등장해 시상이 시작되었다.

-첫 번째 시상, 올해의 신인상 시상이 있겠습니다. 시상자는 대한민국 최고의 대세 배우 유지은.

첫 시상부터 올해의 신인상이다. 우린 무대에서 내려와 한 차례 내려놓았던 마음을 또다시 굳게 붙잡아 두어야 했다.

정말 심장이 철렁이는 순간이 너무 많아 아플 지경이다.

"안녕하세요. 배우 유지은입니다. 올 한 해, 음악을 좋아하는 저로서는 정말 특별한 한 해였는데요. 음악 방송의 MC를 맡기도 하고 좋은 인연도 많이 생겼습니다."

크로노스와 하이텐션, 그리고 스트릿센터.

그뿐만이 아니고 올해 상반기에 데뷔한 많은 그룹들.

관객석에서 지켜보던 팬들의 목소리는 더욱 커졌다.

유지은의 오프닝이 길어질수록 입술이 바짝 말라 들어가는 기분이었다.

"그럼 발표하겠습니다. 올해의 신인상 앨범 부문. 하이텐션, 스트릿센터 축하드립니다!"

아, 우리 아니네. 우린 무대로 향하는 하이텐션과 스트릿센터에게 축하의 박수를 보내 주며 아쉬움을 애써 감췄다.

ー네, 올해의 신인상 하이텐션, 스트릿센터는 초동 판매량 20만 장을 기록하며 당당히 올해의 신인상 앨범 부문을 차지하게 되었습니다.

우리도 초동 판매량에선 밀리지 않는다고 생각했는데 집계 방식에 따른 결과가 하이텐션과 스트릿센터에겐 못 미쳤던 걸까.

우리 뒤쪽에 자리하고 있던 고리들에게서 분노의 목소리가 튀어나오는 걸 보면 팬들 또한 아쉬움이 큰 모양이다.

하이텐션과 스트릿센터의 수상 소감이 이어지고 유지은이 다시 마이크를 넘겨받았다.

"다음은 올해의 신인상 음원 부문입니다. 올해의 신인상 음원 부분은요."

BGM이 깔렸다. 그때 가만히 있던 주한 형이 작게 감탄사를 내뱉었다.

"아, 음원, 앨범 따로 시상이지."

그리고 곧 주한 형의 입꼬리가 티 나지 않을 만큼 부르르 떨리는 것을 보았다.

"크로노스. 축하드립니다!"

"이야악!"

ー네, 올해의 신인상 음원 부분 시상 팀은 크로노스입니다. 크로노스는 올해 하반기에 데뷔해 〈퍼레이드〉, 〈블루 룸 파티〉 등 순식간에 누적 다운로드 수 1억을 돌파하며 무서운 신인의 저력을 보여 주었습니다.

–네, 〈퍼레이드〉 댄스 챌린지, 〈블루 룸 파티〉로 음원 강자의 모습을 보이며 승승장구하고 있는 그룹입니다.

우린 그저 기립해 멤버들끼리 어깨동무를 하고 덩실거리다 스태프의 말을 듣고서야 무대로 향했다.

많은 가수들의 축하를 받으며 무대에 나와 유지은에게 트로피를 전달받았다.

허리가 부서지도록 연달아 인사를 했다.

곧 주한 형이 받았던 트로피는 멤버들의 손을 탄 뒤 나에게 정착했다.

–크로노스 축하드립니다. 수상 소감 말씀해 주시죠.

주한 형이 마이크 앞으로 향했다. 나와 다른 멤버들은 주한 형을 가운데에 둔 채 살짝 뒤로 물러나 나란히 섰다.

"감사합니다! 먼저 인사부터 드리겠습니다. 둘, 셋!"

"안녕하세요. 크로노스입니다. 잘 부탁드립니다!"

"네, 정말 많은 것들을 경험했던 한 해였는데요. 이렇게 팬분들, 그리고 많은 관계자 여러분들 덕분에 좋은 상 받을 수 있게 되어 정말 감사하고 영광으로 생각합니다. 저희가 데뷔하기까지 지지해 주고 응원해 주었던 저희 YMM 식구분들, 가족들, 누구보다 우리 고리 여러분."

고리들의 큰 환호 소리가 들려왔다. 그 순간 긴장은 사라지고 작게 웃음이 터져 버렸다.

"정말 너무 감사합니다. 더 열심히 하는 모습을 보이도록 하겠습니다! 감사합니다!"

—네, 정말 크로노스 축하드립니다!

이제 첫 시상일 뿐이라 수상 소감을 말할 시간이 길지 않았다.

곧 무대가 암전되고 우린 천천히 무대에서 내려갔다. 그리고 곧 반대편 무대에서 별다른 진행 없이 아티스트의 오프닝 공연이 시작되었다.

올해의 오프닝 공연을 맡은 것은 대상 후보이기도 한 넥스트였다.

정말 보고 싶은 무대였는데 아쉽게도 나와 진성이는 넥스트의 무대를 보지 못했다.

곧장 무대 뒤로 향해 댄스 무대를 준비해야 했기 때문이다.

무대 뒤로 뛰어 들어가 빠르게 옷을 갈아입고 메이크업과 헤어를 고쳤다.

훨씬 진해지고 화려해진 모습, 귀가 무거울 정도로 굵은 보석이 박힌 귀걸이와 중세풍 흰 셔츠, 조금 불편할 정도로 붙는 검은 바지.

"무대 끝나자마자 뛰어서 이곳으로 돌아와. 15초 이내에 옷 갈아입고 출발해야 하는 거 알지?"

"네."

"의상 흐트러져도 괜찮으니까 무대에 집중하고."

"현우, 네 표정이 가장 중요해. 카메라 놓치지 말고 표정 연기 제대로 해야 해."

"네."

"광기 표현 제대로 했는지 뒤에서 모니터 하고 있을 거야."

"네."

나에게만 서너 명이 붙어 우르르르 주의할 점을 말해 주었다.

그런데 사실 긴장돼서 이야기가 잘 들리진 않았다. 그저 잘하라는 말들로만 이해했다.

"오케이, 현우 준비 끝났어요!"

"진성이는?"

"진성이도 끝났어요!"

"첫 번째 파트 멤버들 각자 자리로 향할게요!"

난 스태프를 따라 허리를 굽힌 채 내가 설 무대 아래로 들어갔다. 머리 위로 쿵쿵, 지금 무대 중인 넥스트 댄서들의 발소리가 크게 들려왔다.

"하아, 미쳤다, 진짜. 미쳤어."

이거 〈픽위업〉 때랑은 비교도 안 되는 긴장감이다.

무대를 빙 둘러싼 관객들, 그리고 바로 앞에서 지켜보는 선배들.

진짜 누군가 내 심장을 꽉 움켜쥔 것처럼 뜨거워 터져 나
갈 것만 같았다.

"현우 씨, 괜찮아요?"

"……네, 너무 긴장돼서. 이제 괜찮아요."

넥스트의 오프닝 무대가 끝이 났다. 곧 무대에 짧은 정적
이 일었다.

"현우 씨, 올라갈게요. 파이팅!"

"네! 감사합니다."

길게 심호흡을 했다. 열심히 연습했던 무대잖아. 실수할
리가 없다. 긴장만 하지 않는다면.

"후우."

내가 타고 있던 리프트가 천천히 올라갔다. 완전히 무대로
올라와 일어서 자세를 잡자 곧 붉은 조명과 함께 곡이 흘러
나왔다.

팬들의 큰 환호 소리가 들려왔다.

그에 움찔, 쿵 하고 심장이 내려앉는 듯한 기분을 느끼며
천천히 무대를 시작하였다.

"미친 거 아냐? 쟤 오늘 왜 저렇게 예쁘냐."

어렵게 자리를 구한 KEW 어워드 관객석, 어느 한 고리가 감탄사를 연달아 내뱉었다.

서현우가 다른 아티스트와의 협동 무대를 준비하고 있다는 건 알고 있었지만…….

"시이발! 독무대라는 이야기는 없었잖아아!"

그 어느 때보다 예쁘게 꾸민 서현우.

대형 스크린 속 그가 조명을 받으며 나른한 표정으로 카메라를 바라보고 있었다.

붉은 조명 속 서현우의 웃음기 하나 없는 모습이 대형 화면에 비치자마자 일순간 현장이 조용해진 것 같은 건 착각일까?

고리들은 침을 꼴깍 삼키며 집중하거나 크로노스 무대가 아닌 방송사에서 만들어 준 서현우만의 독무대에 벅차오름을 느끼며 숨을 들이켰다.

서현우에겐 분위기를 압도하는 무언가가 있다. 그것은 재능이고 실력이며 팬이 될 수밖에 없는 서현우만의 매력이었다.

카메라를 보며 천천히 음악에 맞춰 고개를 돌리던 그가 춤을 추기 시작했다.

"미쳤다…….'

그러자 팬들 사이에서 저도 모르게 탄식이 쏟아져 나왔다.

가사 하나 없는 빠른 곡에 맞춰 이진성만큼 힘차게 추기도 하고 평소 그가 했던 것처럼 몸선을 살려 무용 같은 춤사위를 보이기도 했다.

웨이브가 많은 안무였다. 완전히 음악에 취한 듯 댄서도 없이 혼자서 무대를 꽉 채우던 서현우는 인상을 찌푸리기도 하고 잘 정돈되어 있던 머리칼을 제멋대로 헤집기도 하며 자신만의 광기를 표현했다.

이쯤 되자 확실히 크로노스의 팬석뿐만 아니라 다른 관객석 또한 조용해졌다.

팬인 사람도, 아닌 사람도 시선을 뺏길 수밖에 없는 모습이니.

그렇게 휘몰아치듯 제 역량을 펼쳐 나가던 그때 붉었던 조명이 점차 평범한 스포트라이트로 바뀌었다. 그러곤 조명의 범위가 넓어졌다.

곧 무대 뒤에 대기하던 댄서들이 나와 서현우를 중심으로 대형을 맞췄다. 그때 돌연 서현우가 인상을 찌푸리더니 제 목을 죄던 브로치를 뜯어 바닥에 슬쩍 던져 놓고 함께 춤을 맞추기 시작했다.

단순히 춤을 추다 덜렁거리는 브로치가 거슬려 빠르게 제거해 버린 모양이지만 그것마저 자연스럽게 어울려 무대의 일부로 느껴졌다.

세계적인 안무가가 만들어 낸 온몸을 전부 다 쓰는 안무, 표정, 의상, 심지어 동작에 맞춰 날리는 머리카락 한 올까지 완벽했다.

현우가 자신의 독무를 마무리하고 엔딩을 위해 무릎을 꿇었을 때쯤엔 그의 단정했던 백금발 머리는 흐트러진 채였고, 셔츠의 일부가 바지 속에서 빠져나와 있었다.

서현우를 비추던 조명이 완전히 암전되자 다음 순서인 유전화의 무대로 넘어갔다.

그때까지 어떠한 반응도 보이지 못한 채 멍하니 무대를 감상하던 관객들이 뒤늦게 서현우를 향해 환호하기 시작했다.

역대급이라고 할 만한 무대를 만들어 낸 그였다.

"으윽…… 아."

무대가 암전되고 관객들의 시선이 완전히 전화 선배님에게로 넘어가자마자 허리에 숙이고 머리를 바닥에 처박았다.

"현우 씨, 괜찮아요?"

"……숨이 안 쉬어져요."

댄서 형이 걱정 가득한 손길로 내 등을 쓸었다.

아, 허리 제대로 삐었다.

아직 무대인데. 조명이 완전히 꺼진 덕에 대부분의 시선이 다른 곳에 넘어간 것이 그나마 다행이라고 해야 할까.

그래도 우리 팬들은 잘 보이지 않을 나를 보고 있을 테니 어떻게든 태연하게 일어나야만 했다.

난 손을 내미는 댄서 형에게 부축을 받아 천천히 무대 뒤로 향했다.

처음 연습할 때부터 자주 삐곤 했던 허리가 역시나 이번에도 말썽이었다. 힘 조절을 했어야 했는데 무대 위 긴장을 한 탓에 무식하게 동작을 이어 가 버렸다.

"현우, 괜찮아? 다음 무대 가능해?"

"네, 백퍼 가능해요."

무대 밖에서 쉴 수 있는 시간은 15초, 내가 고통에 무대에 조금 머물렀어서 10초 내엔 옷을 갈아입고 나가야만 했다.

차라리 아픈 게 낫지. 무대를 못 나가는 것만큼은 죽어도 싫다.

난 내 옷을 갈아입혀 주는 스타일리스트 누나의 팔을 붙잡았다.

"누나, 제가 아까 브로치 뜯어 버렸어요. 기껏 달아 줬는데 미안해요, 허리 때문에 숨이 안 쉬어져서."

"허리 아파서? 괜찮아. 나중에 찾으면 돼. 수환 씨 진성이한테 갔는데 끝나자마자 병원 갔다 와."

"네."

"현우 씨, 옷 다 갈아입었어요? 이제 나가야 합니다!"

무대 스태프들의 말에 누나의 손길이 더욱 빨라졌다. 잠깐 브로치 이야기를 하는 사이 옷은 검은색 등짝 시스루 셔츠로 바뀌었고 소재가 비슷한 검은 천으로 코와 입이 가려졌다.

눈만 드러난 모습, 마치 조선 시대 암살자 같은 내 안의 거의 소멸된 중2병스러움을 최대한 끌어낸 것 같기도……. 아무튼 멋있다.

"최대한 빨리 뛰어서 리프트 위에 올라가 주세요."

"네! 갈게요!"

난 대답과 동시에 무대 아래를 빠르게 뛰었다. 아직 전화 선배의 무대 중, 내가 허리를 부여잡고 잠시 멈추면 스태프가 거의 둘러업고 뛰다시피 했다.

약간 상황이 어이없고 웃기면서도 슬펐다.

"어우, 힘들어……."

정말 빠르게 무대 아래에 도착하고 리프트 위로 올라가자 함께 달려온 제작진이 내 허리를 주물러 주고 파스 스프레이를 뿌려 주었다.

"하아……."

제작진의 환자 취급에 뒤늦게 현타가 왔다.

연말 무대 중 알게 모르게 다치는 아티스트가 많은 건 알고 있었어도 그게 내가 될 줄은 몰랐다.

때에 맞지 않는 우울감이 들이닥치긴 했지만 쿵쿵, 머리 위에서 들리는 마지막 순서 민성 선배의 발소리와 관객들의 환호 소리를 들으며 애써 마음을 다잡았다.

"현우, 허리가 삐었다고? 괜찮아?"

"괜찮아요. 정말 괜찮아요."

"살살 춰. 살살."

"처음이라고 긴장 많이 했나 보다."

나와 비슷한 의상으로 갈아입고 얼굴의 반절을 가린 선배들이 날 걱정하며 한마디씩 하고 각자의 리프트에 올라섰다.

다행스럽게도 파스의 차가움과 긴장, 스태프가 열심히 주물러 준 덕분에 지금은 아픈 것이 잘 느껴지지 않는다.

"리프트 올라갑니다!"

애써 마음을 가라앉히고 마지막 단체 안무를 시작해야만 했다.

암전 속 다시 무대에 올라가고 강렬하기만 했던 무대에 가야금 소리가 울렸다.

일부러 정적을 유지하듯 끊어서 현을 뜯는 가야금 연주자에게 스포트라이트가 쏠리고 곧 가야금과 함께 각종 악기들이 음을 쌓아 갔다.

조명은 다시 우리에게로 돌아왔다. 한가운데에 선 나는 가야금 소리에 맞춰 천천히 동작을 이어 가기 시작했다.

마치 한국무용 같은 짧은 안무.

빠르게 휘몰아친 독무대와는 다른 차분한 음악, 그에 맞춰 난 손끝까지 연기를 시작했다. 안무가 선생님의 말대로 우아하게, 가만히 서 있는 멤버들 사이에서 홀로 빛이 날 수 있도록.

사선으로 두었던 시선이 정면으로 향하는 순간 저 멀리, 우리 고리들의 야광봉이 미친 듯이 흔들리는 게 보였다.

응원봉도 없어서 혹시 우리가 기죽을까 봐 직접 만들어 온 응원봉을 부서질 것처럼 흔드는데, 천으로 가린 입꼬리가 나도 모르게 올라갔다.

내 파트 안무가 끝나자 곧 동우 선배의 손이 내 어깨에 올라오고, 난 잡아당겨지듯 뒤로 물러났다. 동우 형이 안무를 하는 동안 나를 포함한 멤버들은 동우 형을 가운데에 두고 점프하며 한 바퀴 돈 후 무릎을 굽히며 자세를 낮췄다.

그때 다시 욱신, 허리가 아파 왔다. 난 이를 악물고 점점 빨라지는 곡의 장단에 맞춰 몸을 움직였다.

센터는 나에게서 동우 선배, 곧이어 전화 선배로 바뀌었다.

유연하던 춤은 후반으로 갈수록 힘이 실렸다.

댄서들이 내린 검은 천 속에서 그것에 가려지거나 잡아당기며 멤버들의 대형이 수시로 바뀌었다.

그렇게 다섯 멤버 모두가 한 번씩 센터에 섰을 때.

"후우……."

난 숨을 내쉬었다.

'이제 마지막이다.'

도움닫기, 곧장 동우 선배의 손을 발고 뛰어 높이 백턴 했다.

안전하게 착지하고 내 얼굴을 클로즈업하는 카메라에 리허설대로 시선을 맞춘 후 뒷짐을 지고 허리를 숙이며 한 걸음 물러나 무릎 한쪽을 굽히며 앉았다.

곧이어 고개를 숙였다.

다시 가야금 연주자에게 스포트라이트가 쏟아지며 짧은 연주 후 무대는 암전되었다.

욱신거리며 금방이라도 주저앉을 것 같은 고통을 느끼며 무대가 끝이 났다.

"지금 무대도 포커스 캠 바로 올리지 말고 가지고 있으라고 해."

"올리지 말라고요?"

서 PD의 물음에 최 감독이 고개를 끄덕였다.

"예쁘게 보정해서 올리자. 조회 수 제대로 뽑겠다. 크으……."

이번에 국장님께 예쁨 좀 받겠군. 최 감독이 감탄하며 고개를 끄덕였다.

역시 가수들의 무대는 크면 클수록, 예산을 많이 부으면 부을수록 좋다.

아티스트의 역량도 최대로 뽑을 수 있을뿐더러 두고두고

회자될 만한 지금 같은 무대도 내놓을 수 있으니.

아직 초반일 뿐이지만 적어도 지금까진 KEW에서도 손에 꼽힐 역대급 무대들이 나와 주고 있지 않은가.

"아까 넥스트 무대, 클립 올리고 지금 무대도 포커스 제외하고 클립 빠르게 올려."

"넵."

"〈픽위업〉 출신 애들이 무섭다니까."

혼잣말하듯 중얼거리는 최 감독의 말에 서 PD도 공감하듯 고개를 끄덕였다.

"〈픽미업〉부터 그렇긴 했죠. 아무래도 데뷔 전부터 팬덤 쌓고 데뷔하니까 다른 신인들보단."

"그것도 그렇고 서바이벌 출신들은 실력이 좋아. 저거 봐라."

최 감독은 작은 모니터 화면 속 얼굴 반절을 가린 채 춤추고 있는 서현우를 가리켰다.

"이제 막 데뷔한 애가 선배들 사이에서도 눈에 튀잖아."

"에이, 감독님. 애, 크로노스 서현우잖아요. 서현우 유명해요, 무대를 워낙 잘해서."

"이름은 몰랐네."

어느 그룹이든 그룹 내에 가장 인기 많고 실력적으로 튀는 이들이 있다.

그런 멤버는 어딜 가나 눈에 보이기 마련이고 팬들의 자부심 또한 대단하다.

실력이 좋고 끼가 많은 만큼 아우라부터 다르기에 누가 말해 주지 않아도 관계자들은 곧장 알아채고 해당 멤버의 분량을 늘리곤 했다.

최 감독의 눈에 서현우는 그런 멤버로 보였다. 크로노스의 자부심, 고리들의 자랑거리.

신인이든 오랜 연예계물을 먹은 아티스트든 이런 대단한 무대를 보여 주면 절로 기분이 좋단 말이지.

최 감독은 서현우에게서 시선을 떼지 않으며 말했다.

"크로노스가 해외에서 인기가 많은가? 많겠지?"

서 PD는 어깨를 으쓱였다.

"글쎄요. 그런데 국내 인기도 그렇고 얼마 전 댄스 챌린지로 해외 K-POP 팬들한테 이슈 몰이 좀 했다고 하니 인기 있는 편일걸요?"

그러고는 눈동자를 굴리며 털털히 웃었다.

"물론 대형 기획사 그룹에 비하면 처참한 수준이겠지만."

서 PD는 안타까움을 담아 말했으나 최 감독은 손뼉까지 치며 오히려 크게 반응했다.

"오오, 좋네!"

"……네? 뭐가요?"

크로노스의 해외 인기가 대형 기획사보다 처참한 수준인 게 뭐가 좋다는 걸까.

서 PD가 질색했으나 최 감독은 웃었다.

"내가 또 해외 인지도 없는 애들 찾고 있잖아 요즘."

"……감독님, 설마, 꼴랑 이 무대 보고 그 방송 출연진을……."

최 감독은 말없이 씨익 웃었다.

아직 해외 인기가 미미하면서도 국뽕에 제대로 취할 수 있는 실력과 미모를 겸비한 아이돌. 최근 최 감독의 친구 PD가 준비 중인 예능에서 필요로 하는 출연진이었다.

〈비갠 뒤 어게인〉, 경력 많은 인기 연예인이 프로듀서 겸 매니저가 되어 우리나라의 아티스트들을 데리고 해외 공연 일정을 잡아 무대를 하는 것이 메인인 프로그램이다.

지난 시즌의 아티스트는 레나를 포함한 솔로 가수들.

무대 대관을 해 퀄리티 있는 공연을 하거나 길에서 게릴라 공연을 하기도 하며 국뽕을 제대로 채워 준 덕에 워낙 반응이 좋았던 터라 시즌 2는 아이돌 버전으로 가자는 의견이 나왔다.

하지만 적절한 출연자를 정하지 못한 메인 PD가 최 감독과의 술자리에서 늘 토로를 하곤 했었다.

"일단 크로노스 한 무대 남았지? 그 친구한테 봐 보라고 해야겠다."

크로노스는 시간이 흐르면 어차피 해외에서 인기가 많아질 것이지만 그 전에 미리 발을 걸치는 것도 나쁘진 않지.

실력 있고 열심히 하는 신인들을 추천하는 일은 언제나 즐거운 일이라고, 최 감독은 무대가 끝나자마자 허리를 잡고 터덜터덜 내려가는 서현우를 보며 생각했다.

무대가 끝난 직후 허리를 쥐며 선배들에게 부축받아 내려오기 무섭게 누군가 내 앞에 등을 내보이고 몸을 낮췄다.

"어?"

등을 내보인 것은 매니저 형이었다. 매니저 형은 조금 화가 난 듯 몸을 일으키더니 순식간에 나를 업었다.

"우악!"

"몸이 아프면 누가 손해입니까?"

"……저요."

"무리하면 안 되는 거, 진성 씨 보고도 느낀 게 없습니까?"

"아니 그게……."

"야! 괜찮냐?"

다급한 얼굴로 무대 뒤로 뛰어 들어온 고유준이 매니저 형에게 엎혀 이동하는 나를 따라오며 상태를 살폈다.

"이게 무슨 일이야. 어디를 다친 건데요? 너 무대 조명 꺼지자마자 엎어지더만."

"허리를 삐어서……."

지금은 두 번째 파트인 진성이가 무대를 할 때다. 아마 고유준은 내가 걱정된 나머지 진성이 공연을 포기하고 달려온 모양이었다.

매니저 형은 고유준의 어깨를 토닥였다.

"가까운 곳에 병원이 있어서 잠깐 다녀오겠습니다. 유준 씨는 주한 씨한테 상황 말해 주고 여기 계세요. 팬분들이 걱정합니다."

"걸을 수는 있어?"

"아, 괜찮다고. 다음 공연 때까지 돌아올게."

"2부 전까지는 돌아오겠습니다."

고유준이 멈춰 선 채 멀어지는 나를 애잔한 표정으로 보고 있다.

친구라고 걱정해 주는 게 고맙기는 한데 저 녀석이 빨리 아티스트석으로 돌아가지 않으면 정말 팬들이 많이 걱정하게 될 것이다.

🎵

"근육이 많이 놀란 거예요. 어디 심하게 넘어지기라도 했어요?"

의사 선생님의 말에 난 눈치를 보며 조용히 대답했다.

"아뇨. 그, 저, 넘어지진 않았고, 공중 백턴을…… 했어요."

"……예?"

"아, 허리는 그 전에 삐었고……."

"허리 삐고 나서 공중 백턴을 했다고?"

당황스러움이 물씬 묻어나는 의사 선생님의 표정에 머쓱함이 배가되는 기분이다.

물론 삔 건 그 전이지만 허리 통증의 화룡점정을 찍었던 게 공중 백턴이라 말을 해야만 하긴 했다.

내가 뻘쭘해하자 곁에 있던 간호사 선생님이 내 편을 들어주었다.

"선생님, 이분 유명한 아이돌 가수세요. 옷 입은 거 보니까 방금 공연 하고 오신 거 맞죠?"

"네……. 무대 하다가 삐어서."

"아아."

의사 선생님은 그제야 이해가 간다는 듯 시원스레 고개를 끄덕였다. 실내 체육관 근처 병원이다 보니 공연하다 말고 방문하는 가수가 꽤 잦은 모양이었다.

"한동안은 무리하지 마시고요. 완전히 나을 때까지는 춤 안 추는 게 좋을 것 같은데."

"어어음…… 감사합니다."

내가 인사하자 의사 선생님은 마치 말 안 듣는 아들을 다

그치는 듯한 의심스러운 눈빛으로 나를 바라보았다.

"쓰읍, 계속 무리할 것 같은데?"

"하하……."

"걱정 마십시오."

곁에 서 있던 매니저 형이 내 어깨에 손을 올렸다.

"무리 안 하도록 관리 잘하겠습니다."

"그래요. 나이 보니까 아직 고등학생인데 이 나이대 환자들이 의사 말을 잘 안 듣거든. 어른이 잘 보살펴 주세요."

"네, 감사합니다."

"2층 물리치료실. 은애 씨."

"네. 물리치료 받으러 가시겠습니다."

간호사 선생님은 나와 매니저 형을 2층 물리치료실로 안내해 주었다.

시스루라 둘둘 감고 있던 담요를 치우고 침대에 엎드리자 곧 허리 부근에 뜨끈한 무언가가 올려졌다.

"바로 공연하러 다시 가시나요?"

"무대, 서도 되겠습니까?"

매니저 형의 물음에 간호사 선생님은 애매한 표정을 했다.

"안 하는 게 좋죠. 그런데 무대 중간에 오시는 가수분들은 서지 말라고 해도 기어코 공연하러 가시더라고요."

"아……."

"통증이 굉장히 심할 거라. 매니저님께서 웬만하면 말려 주세요. 금방 낫는 증상이긴 하지만 괜찮아질 때까지는 치료 겸 경과를 지켜보러 오셔야 합니다."

간호사 선생님이 물리치료실을 나섰다.

매니저 형과 단둘만 남은 이곳. 굉장히 긴장감 도는 정적이 계속되었다.

원래 말이 없는 매니저 형이라 대화가 없어도 절대 어색하다는 생각은 들지 않았는데.

……이것은 묘한 신경전.

매니저 형과 나.

칼과 방패의 싸움이 될 것이다.

"현우 씨."

"설 거예요."

"고집 부려서 될 일입니까? 연말 무대가 중요한 게 아니에요. 계속 아프면 컴백은 어떻게 할 겁니까? 푹 쉬고-."

"금방 낫는 증상이라잖아요. 얼마나 열심히 연습했는데 이번만요. 제발, 괜찮다니까요."

"부상이 더 깊어지면 지금처럼 간단한 게 아니게 될 수도 있어요. 그럼 훨씬 더 오래 쉬어야 해요. 현우 씨, 평소처럼 어른스럽고 이성적으로 생각해서 크로노스 무대는 다른 멤버들한테 맡기는 편이 좋지 않겠습니까?"

"아파서 무대 쉬는 건 싫어요. 진짜 안 돼요. 부상으로 무대 망치는 거 절대 싫어요."

안다. 조금만 걸어도 욱신하게 아파 오는 허리의 고통이 고스란히 느껴지니 이렇게 무대에 서면 정말 힘들어질 거란 걸 안다.

하지만 죽어도 환자 취급받으며 뒤처져 무대에 올라가지 못하는 건 싫었다.

아무것도 하지 못하고 무대에 선 멤버들의 모습을 지켜보기만 하는 게 나에게는 더 고통스럽고 힘든 일이다.

"제대로 컨디션 관리 안 한 제 탓이긴 한데 고작 12분 올라가는 거예요."

"하아…… 제가 왜 걱정하는지는 알고 있죠, 현우 씨? 연말 무대는 이번 한 번만 하는 게 아니니까……."

아니다. 기회는 이번뿐일지도 모른다.

무대에 서지 못할 것을 생각하자 갑자기 너무 서러워지기 시작했다.

입술을 꽉 깨물고 고개를 숙였다. 눈가가 뜨거워졌다.

"진짜아…… 괜찮다고요……."

"……여기서 우시면 마음이 너무 안 좋습니다."

"형, 정말 죄송해요. 근데 정말 조심할게요."

줄줄 흘러내리는 내 눈물을 본 매니저 형은 멈칫하더니 다시 한숨을 쉬고 의자에 앉았다.

"무리하지 마세요. 일단 알겠습니다."

"공연하는 거예요?"

"치료 끝나면 데려다드릴게요. 대신 다음 무대 회의랑 연습은 빠지는 것으로."

"네, 죄송합니다……. 다른 멤버들한테 저 울었다고 말하시면 안 돼요."

이 말을 했을 때 날 바라보는 매니저 형의 한심한 표정이란.

매니저 형이 TV를 틀어 곧바로 KEW로 채널을 맞췄다.

생방송 중인 KEW 어워드에서는 이미 진성이 무대는 끝난 지 오래 그룹에서 메인 보컬을 맡은 걸 그룹 멤버들이 무대에서 팝 세 곡을 나누어 부르고 있었다.

간간이 무대를 지켜보는 우리 크로노스 멤버들의 모습이 보였는데, 주한 형이 따로 말한 게 있는 듯 평소보다 더 과장해서 신나게 리액션 하고 있었다.

"멤버들, 걱정 많이 했겠죠?"

"유준 씨는 보셨을 거고 주한 씨가 괜찮냐고 메시지 보내셨길래 괜찮다고 답장 보내 뒀습니다."

"그렇구나. 감사해요."

TV 속 윤찬이. 아마 대부분의 사람들은 모르겠지만 저 표정은 걱정을 내색하지 않으려 애쓰는 표정이다.

"현우 씨 무대에서 브로치 풀자마자 진성 씨가 '형 다친 거 같은데.' 하고 곧장 알아채더라고요."

내 동생 잘 키웠어. 형 다친 것도 곧바로 눈치채고!

아마 많이 걱정했을 테지만 진성이니까 진성이답게 완벽히 무대를 잘했을 것으로 생각한다.

"알뤼르분들한테도 연락 왔었는데 다 괜찮다고 말해 뒀습니다."

"의외로 많은 사람들이 알아차렸네요."

"YMM 쪽 식구들은 현우 씨만 보고 있었을 테니까요."

"고리들도 당연히 눈치챘겠죠."

"그럴 겁니다."

고리들은 더욱이 나만 보고 있었을 테니까.

매니저 형은 조금 더 침울해지는 내 표정을 보곤 다시 TV를 보았다.

"오늘 어워드 끝나면 괜찮다고 고리분들에게 이야기해 주세요."

"부상을 언급해도 될까요?"

"다 아실 테니. 다른 멤버들은 전부 다음 무대 회의하러 갈 테니까 그사이 로드 매니저랑 같이 큐앱 라이브 하셔도 되고요."

지금 위로해 주는 건가.

난 고개를 끄덕이곤 베개에 고개를 묻었다.

그래도 매니저 형이 차분하게 대화를 나눠 주니 조금 마음이 괜찮아지는 것도 같았다.

곧 물리치료가 끝이 나고 난 다시 공연장으로 향했다.

1부가 끝나고 2부가 시작되기 직전 광고 타임. 스타일리스트 누나들의 걱정을 한 몸에 받으며 의상을 갈아입고 자리로 향하자 멤버들의 걱정이 쏟아졌다.

　"형…… 흐윽, 괜찮……."

　"어어! 괜찮아. 윤찬아!"

　"그래그래, 현우 괜찮대!"

　보는 눈이 몇 개야! 나와 주한 형이 울먹이는 윤찬이를 달래며 황급히 윤찬이의 얼굴을 손으로 가렸다.

　윤찬이는 손에 덮여 어깨를 떨다 숨이 막혔는지 고개를 뒤로 뺐다.

　"와, 진짜 얼마나 놀랐는지 몰라. 근데 괜찮은 거 맞아? 무대 서도 돼?"

　고유준의 말에 다른 멤버들 또한 모두 날 쳐다보았다. 절대 거짓말은 안 통하는 멤버들이라 난 그냥 솔직히 말했다.

　"쉬는 게 좋다고 하긴 했어. 근데 어떻게든 서고 싶어서."

　"아아, 그 마음 너무 잘 알지. 아파도 무대에서 아픈 게 나은 그런."

　진성이가 바로 공감하며 고개를 끄덕였다.

　"아픈 건 어때?"

　"아, 걸을 땐 아픈데. 형 알잖아. 또 춤출 땐 다 까먹는다."

　"어휴, 이놈아."

　주한 형은 날 흘겨보곤 멤버들을 진정시켜 의자에 앉혔다.

그러자 바로 옆 테이블에 앉아 있던 알뤼르 형들이 다가와 날 걱정하고 가고, 같이 춤추던 이번 합동 무대 멤버들이 다가와 날 걱정하고 가고, 〈픽위업〉 그룹들이 다가와 날 걱정하고 갔다.

지혁 형은 굳이 날 한번 껴안고 갔다.

아니, 이러면 내가 아픈 거 이 공연장에 있는 사람들이 다 알게 되지 않아?

민망함에 괜히 허리를 통통 두들기자 이번엔 우리 뒤쪽에 있던 고리들이 우아악 절규를 하며 날 걱정하기 시작했다.

미치겠다, 정말.

난 괜찮다는 뜻으로 일어나 팔을 크게 들어 동그라미 표시를 하고 도로 자리에 앉았다.

-아티스트 및 관객 여러분께 알립니다. 잠시 후 KEW 어워드 제2부가 진행될 예정이니 모두 자리에 앉아 주십시오.

각자 친분이 있는 테이블을 돌아다니던 아티스트들이 안내 방송과 함께 자신의 테이블로 돌아와 착석했다.

진행자들과 2부 오프닝을 준비한 출연진이 무대로 올라왔다.

현장이 정리되고 곧 KEW 어워드 2부가 시작되었다.

KEW 어워드의 2부가 시작되었다.

2부의 오프닝인 올해 주요 히트곡 메들리가 공연되는 동안 고리들의 시선은 온전히 크로노스에게로 향해 있었다.

"현우도 공연하나?"

어느 한 팬의 말에 그의 친구가 대답했다.

"다시 온 것 보면 하지 않을까? 무리하는 거 아닌지 몰라."

"저것 봐. 현우 손 허리에 가 있잖아. 쟤는 무리하는 애라고. 진짜 속상하네."

돌아온 서현우에게 많은 사람들이 다가와 안부를 물어 왔다. 제스처를 봐서는 다 괜찮다고. 아까 전엔 고리들에게도 활짝 웃으며 안심하라는 듯 큰 동그라미를 그려 줬던 그였다.

하지만 고리들이 정말 괜찮다고 생각했을 리 없었다.

끝까지 서현우에게서 시선을 떼지 않았던 첫 번째 무대. 멤버 서현우가 공연 도중 부상을 당했다.

워낙 표정 관리를 잘했고 실수 하나 없었던 덕에 다쳤는지 대부분은 몰랐지만 암전이 되고 다른 관객들의 시선이 다음 멤버에게로 향하자마자 서현우가 무너져 내리는 걸 두 눈으로 똑똑히 보았다.

안 괜찮으면서 고리들을 위해 괜찮은 척하는 것이라고 생각했고 사실 그들의 생각이 맞았다.

"무대 할 거 같아."

걱정 가득한 목소리였다. 크로노스의 첫 무대에 다른 가수와의 합동 무대, 정말 기대를 잔뜩 안고 왔는데 설마 멤버의 부상을 두 눈으로 직접 볼 것이라곤 생각지도 못했다.

무대를 보고 싶다는 마음 반, 그냥 서현우가 푹 쉬었으면 좋겠다는 마음 반이다.

무대에 엎어져 고통을 감내한 것을 봤기 때문에, 그저 걱정하며 지켜볼 수밖에 없는 팬들의 눈에는 앉은 채로 열심히 리액션하고 있는 서현우밖에 들어오지 않았다.

그리고 얼마나 시간이 흘렀던가.

오프닝 이후 알뤼르의 무대가 이어지고 몇 개 부문의 시상이 있었다.

크로노스가 신인상 다음으로 후보에 올랐던 소셜 미디어 인기 부문은 압도적인 해외 인기를 자랑하는 YU의 넥스트가 가져갔고 〈블루 룸 파티〉가 후보에 들었던 디지털 음원상은 레나의 신곡이 가져가게 되었다.

크로노스는 아쉽게 신인상으로 만족해야만 했다. 팬들은 매우 속상해했지만 해외 투어를 진행했던 알뤼르가 한류 스타상을 수상하며 무대로 올라갈 때에 그를 축하해 주는 크로노스는 오히려 속 시원하고 만족스러워 보였다.

이후 하이텐션과 스트릿센터가 차례대로 각자의 공연을 치렀다.

대형 기획사에서 가장 밀어주는 아이돌인 만큼 막대한 자본력이 느껴지는 무대를 보여 준 그들.

그런 와중에도 고리들의 시선은 크로노스에게로 향해 있었다.

"애들 간다."

"어, 보고 있어. 현우도 가네."

"무대 한다니깐 현우는."

걱정과 기대를 가득 담은 시선들이 스태프를 따라 무대 뒤로 이동하는 크로노스를 따라간다.

곧 크로노스의 무대.

일반 음악 방송 무대나 〈픽위업〉 때와는 차원이 다른 대형무대.

이런 곳에 처음 발을 들인 크로노스가 어떤 무대를 보여 줄지.

그들은 완전히 사라진 크로노스가 나간 문을 한참이나 바라보았다.

시상 하나가 끝이 났다. 그리고 곧 또 하나의 공연이 시작됨을 알리듯 무대가 조용해졌다.

조명이 천천히 꺼지고 관객석은 각자의 대화를 담아 소란스러워졌다.

고리들은 가져온 자체 제작 응원봉을 손에 꽉 쥔 채 무대를 주목했다.

이제 크로노스의 차례였다.

어두운 무대, 커다란 스크린 속에 파스텔색 꽃밭이 비쳤다.

몇 번이나 돌려 본 〈퍼레이드〉 뮤비, 그곳에서 봤던 익숙한 꽃밭이 보이자 팬들이 크게 환호하기 시작했다.

"꺄아아아아악!!!!!"

"진성아!!!!!!!"

끝없이 늘어져 있는 꽃밭. 그곳을 훑어 올라가던 화면은 누군가의 발치를 찍고 천천히 인물을 비춘다.

꽃밭과 같은 파스텔 톤의 정장. 그리고 고리 모양의 지팡이. 잔뜩 힘을 준 검은 머리.

새하얀 피부에 눈가엔 별 모양의 문양이 찍혀 있었다.

이진성은 무표정으로 서서 화면을 쳐다보았다.

깜빡임도 없이 가만히 노려보는 그의 눈동자에 빠져들듯 조용해진 관객석.

어디선가 이질적으로 점점 크게 들려오던 '삐-' 소리는 이진성이 고개를 돌려 옆을 바라보자 뚝 끊겨 사라졌다.

화려한 색채와는 달리 조금은 음산하고 적막한 분위기. 화면은 전환되어 피아노를 치고 있는 강주한을 비춘다.

흰 셔츠 차림의 강주한은 이젠 고리들이라면 단번에 알 수 있는 〈원스 어겐〉의 전주를 치다 멈추곤 고개를 들었다.

고개를 드는 동안 지직-거리는 노이즈와 함께 몇 번이나 정장 차림의 고유준과 강주한을 번갈아 보였다.

곧 또 화면은 전환되어 각종 태엽들로 가득한 서현우의 텅 빈 작업실을 비췄다.

태엽과 각종 실험 장치들은 작업실의 주인도 없이 연기를 뿜어내거나 돌아가며 작동되고 있었다.

돌아가던 태엽. 그중 가장 큰 태엽의 구멍으로 서서히 다가가자 구멍 안으로 학교 운동장이 비췄다.

학생들이 축구하고 친구들과 삼삼오오 모여 다니는 평범한 학교.

상처투성이의 교복 차림의 박윤찬이 제 어깨에 걸린 가방 걸이를 꽉 쥔 채 겁먹은 얼굴로 천천히 한 걸음 한 걸음 내디뎠다.

그렇게 그가 교문 앞에 멈춰 섰을 때, 갑자기 그의 손목에 감긴 낡은 가죽 팔찌가 끊겨 떨어진다.

창백해진 박윤찬이 놀란 얼굴로 팔찌를 바라보고, 슬로로 천천히 떨어지던 팔찌가 흙바닥에 닿을 때쯤 장면이 전환되었다.

새하얀 바닥, 팔찌는 금테의 회중시계로 바뀌어 산산조각 나고.

화면은 천천히 올라가 맨발인 한쪽 다리를 건들거리며 파스텔 조명의 침대에 누워 있는 서현우를 찍었다.

조용하고 암울한 피아노 음이 들렸다.

서현우는 침대에 누운 채 제 손에서 떨어진 회중시계를 무기력하게 바라보았다.

그러곤 천천히 일어나 새하얀 방 안을 걸었다.

벽을 쓸어 보던 그는 어느 한 곳에 멈춰 벽과 똑같이 새하얀 문고리를 잡아 내렸다.

문이 열리자 보이는 파스텔 톤의 꽃밭, 그리고 이진성.

이진성은 서현우를 보고 있었고 머뭇거리던 서현우가 발을 떼고 꽃밭으로 한 발짝 들어섰을 때 모든 것이 꺼지고. 검은 화면에.

Strange story

라는 글씨가 새하얗게 나타났다 사라졌다.

뮤비에서는 나오지 않던 장면들, 크로노스 세계관의 추가 정보를 스포 하고 있는 내용들, 무엇보다 언제 봐도 아름다운 비주얼들.

고리들은 막대한 떡밥의 향연 속에서 잠시 걱정을 멈추고 온전히 공연에 몰입하기 시작했다.

공연자를 위한 환호가 현장을 가득 채웠다.

그리고 곧 푸른 빛 조명이 내려왔다. 트렌디한 비트의 〈블루 룸 파티〉의 전주가 흘러나왔다.

중앙 스테이지. 그곳엔 잘 꾸며진 작은 블루 룸 안에서 한 눈에 봐도 시원한 차림으로 실외기에 앉아 있는 이진성이 있었다.

고리들, 그리고 관객들의 커다란 성원.

이진성은 특유의 시원한 미소를 짓곤 마이크를 들었다.

Hey, 굳이 멀리 나갈 필요 없어
바다? 여름? 야외?
난 에어컨

앉은 채로 리듬을 타며 몸을 움직이던 이진성은 어깨를 들썩이곤 일어나 잔망스럽게 걸었다.

그러곤 가장 가까운 또 다른 블루 룸 속 고유준을 찾아가 하이 파이브 했다.

그러자 넘겨받듯 고유준이 마이크를 들었다.

라디오에서 들려오는 파도 소리
블루 라이트 아래 부딪히는 잔
시원한 탄산과 바비큐
블루 룸 파티

다시 한번
아이돌

고유준은 블루 룸 속 흰 나무 의자에 앉아 다리를 꼬고 있었다. 그의 옆에는 커다란 대형 라디오 모형이 들어서 있어 고유준이 일어나 라디오 버튼을 눌러 보기도 하고 살짝 기대어 있는 대형 카세트테이프 소품을 들고 와 꽂는 흉내도 냈다.

그렇게 고유준의 파트가 끝날 때쯤 고유준의 블루 룸 속 커다란 창문이 활짝 열렸다.

서현우가 창문을 활짝 열고 뿅 튀어나와 창가에 걸터앉았다.

창밖으로 내려오는 노을
시원한 열기
열기에 취한 사람들
여유로움 속 도시 휴가를 즐겨
블루 룸, 블루 룸 파티

그 어느 고리가 백금발 서현우의 〈블루 룸 파티〉를 방송에서, 잘 꾸며진 세트장에서 볼 수 있을 것이라 생각했을까.

서현우는 아까 전 영상과는 달리 부드럽고 다정한 얼굴로 자신의 파트를 소화했다.

어느새 고유준이 서현우가 발을 댄 침대에 앉아 리듬을 타고 있었다.

화면은 전환되었다. 이진성, 고유준, 서현우가 함께이던 무대의 조명이 꺼지고 강주한, 박윤찬의 무대에 마찬가지로 푸른 조명이 들어왔다.

두 사람은 자신들의 파트를 부르다 블루 룸 파티에서 나와 중앙 스테이지로 향했다.

멤버들의 동선이 입체적으로 바뀌면서 순간 귀가 따가울 정도의 환호성이 터졌다.

강주한, 박윤찬은 놀란 기색 없이 손을 흔들어 인사하며 중앙에 도착했다.

그곳엔 어둠 속 시선이 두 사람에게로 집중된 동안 미리 이동해 있던 세 멤버들이 대기하고 있었다.

강주한, 박윤찬은 지체 없이 그들 속에 섞여 대형을 맞췄다.

처음으로 선보이는 이진성 센터 버전 안무.

이진성은 원래 〈블루 룸 파티〉의 센터였지만 그동안은 부상으로 한번도 제대로 선보이지 못했다.

그러니 완전체의 〈블루 룸 파티〉를 보이는 건 지금이 처음이었다.

후렴구 안무가 이어졌다.

"진성이 진짜 센터였구나……."

"나 벌써 감격스러워서 눈물 날 것 같은데 정상이냐."

"존나 정상이다. 저게 시바알……. 저어게…… 사람이냐고 서현우우……. 블루 룸! 블루 룸 파티! 호!"

그녀는 자신의 친구의 말에 대답해 주랴 최애 보고 싫으랴 응원법 맞추랴 바빴다.

이진성의 복귀에 한 번 울컥, 최애의 모습에 두 번 울컥.

자신의 최애 서현우, 그는 정말 사람이 아닌 것만 같았다.

백금발, 그리고 새하얀 피부 아래 사람 홀리는 비주얼. 이 세상에 연예인은 너 하나뿐이냐. 정말 가슴이 벅차올랐다.

괜찮아진 건지 아니면 괜찮은 척하는 것인지, 생글생글 웃으며 춤추는 서현우는 전혀 아픈 기색이 없었다.

오히려 무대 분위기상 평소보다 더욱 태가 예쁜 것 같기도 했다.

이진성이 뒤로 빠지고 서현우가 센터를 차지했다. 갑작스레 많은 댄서들이 올라와 그들과 섞여 파티를 즐기기 시작했다.

그러다 어느새 파트를 잇는 서현우를 필두로 멤버와 댄서들이 이동하기 시작했다.

입술 사이 차가운 얼음을 물고
즐거움을 태워, 시원함을 만끽해
이 순간도 추억이 될
블루 룸 파티

그들이 도착한 곳은 커다란 배 앞.

마치 〈피터팬〉에 나오는 후크선장의 배 같기도 했다.

"뭐야, 저거 무대 세트 아니었어?"

"헐! 허얼! 우리 애들 꺼야? 미친 거 아니냐?"

정말 환호하지 않고는 못 배길 정도로 단단히 준비한 것이 티가 났다.

조금 힘을 뺀 듯 귀엽고 사랑스럽던 〈블루 룸 파티〉.

멤버들이 배의 1층에 있는 문을 가운데에 두고 모였다. 카메라를 보며 서현우가 마지막 파트를 불렀다.

이 순간도 추억이 될

블루 룸 파티

서현우가 나무 문의 문고리를 돌려 열었다.

곡 하나가 끝나고 환호로 소란스러워진 현장.

그와는 상관없이 멤버들의 상황을 보여 주는 커다란 화면 속 모습에 고리들이 다시 한번 '헉' 숨을 들이켰다.

열린 나무 문 안, 그곳에는 파스텔 조명과 함께 넓은 꽃밭이 펼쳐져 있었다.

뮤직비디오에서도 아까 전 영상에서도 봤던 그곳.

순식간에 관객들은 크로노스의 세계관에 빠져들어 간다.

어느새 멤버들 사이에서 빠졌던 이진성이 의상을 바꾼 채 꽃밭 한가운데에 서 있었다.

저음의 신디 사운드, 밝은 조명과는 다른 무언가 쎄하고 음울한 분위기.

크로노스 팬이든 아니든 무대에 집중하기엔 충분한 카리스마였다.

어디선가 '삐-' 하는 이질적인 소리가 들렸다.

눈을 내리깔고 지팡이를 든 제 손을 보던 이진성이 눈꺼풀을 들어 화면을 바라보는 순간, 조명이 암전되었다.

"우아아아악!!!!!!!"

'꺄악'이 아니라 '우아악'이다. 뮤직비디오에서 입었던 파스텔 정장이 아닌 금장을 훌훌 감은 검은 제복.

이진성의 분위기가 예사롭지 않았다.

다음 무대인 〈퍼레이드〉의 기대치가 한계까지 올라갔다.

고리들은 믿어 의심치 않았다.

〈픽위업〉과 많은 무대들을 지켜본 바, 이 정도로 기대치를 올려놨다면 크로노스는 절대로, 절대로 기대 이상의 무대를 보여 줄 것이란 걸.

그러니 절규에 가까운 환호를 보여 줄 수밖에 없었다.

곧 전주가 시작되었다. 그리고 배의 2층 계단에 어두운 조명이 들어왔다.

여섯 명 정도의 댄서들과 함께 무릎을 꿇고 고개를 숙인 누군가.

의상이 바뀌었고 조명이 미미해 커다란 화면으로도 흐릿한 실루엣일 뿐이지만 잘 정돈된 백금발 머리 덕분에 그가 서현우임을 눈치챌 수 있었다.

잠시 후 곡에 맞춰 서현우를 제외한 댄서들이 꿈틀거리며 일어나기 시작했다.

마치 괴물의 그림자처럼, 검은 연기처럼 일어난 댄서들. 그들은 각자의 춤을 추다 무릎 꿇은 서현우에게 손을 뻗어 다닥다닥 달라붙었다.

곧 서현우의 몸이 강제로 일으켜 세워졌다. 삐걱거리는 낡은 나무 바닥 밟는 소리가 들렸다.

그와 동시에 앞으로 숙이고 있던 서현우의 고개가 천천히 뒤로 꺾이고, 조금 뒤 한숨을 내쉰 그는 다시 고개를 일으키며 거만한 얼굴로 정면을 바라보다 인상을 찌푸렸다.

"⋯⋯."

좋다. 좋아 죽겠다. 그래서 코까지 찡해졌다. 그런데, 미치도록 소리 질러 멤버들을 응원해 줘야 하는데 차마 목구멍 밖으로 소리가 나가지 않았다.

역시 표정 연기 장인 서현우. 이 엄청난 몰입도는 뭐란 말인가.

이진성과 같은 검은 제복에 어깨 금장, 두꺼운 하네스, 꽉 닫힌 이진성의 제복과는 달리 윗단추가 두어 개 풀려 그 특유의 분위기가 더욱 부각되어 드러났다.

가사 하나 없이 입을 꾹 다문 채 댄서들과 〈퍼레이드〉의 전주 안무를 재구성해 선보였다.

마치 괴물들에게 조종당하는 인형이 된 것처럼 가면 쓴 댄서들의 손짓에 휘둘리며 춤을 춘다. 손목과 어깨에 조종 줄이 달린 것만 같은 모습이었다.

MR은 특별 무대에 맞춰 리믹스 되어 이게 〈퍼레이드〉의 전주인가 의심스럽기도 했지만 간간이 들리는 바이올린 선율은 〈퍼레이드〉 특유의 암울함과 애절함을 그대로 담고 있었다.

그렇게 얼굴도 잘 보이지 않는 조명 아래서 춤을 추던 서현우. 전주가 끝나자마자 댄서들 사이로 끌려들어 가고 조명은 또 암전되었다.

음악이 멎자 뒤늦게 함성이 터져 나왔다. 곧 메인 스테이지에 밝은 조명이 들어오고 고유준이 등장해 읊조리듯 내레이션 했다.

Let the sky fall
Let the sky fall
Let the sky fall

어느새 옷을 갈아입은 고유준이 자신의 파트를 부르며 이열로 줄 선 댄서 군단과 함께 앞으로 나아가는 동안, 서현우가 최애라던 김고리 씨는 고유준의 등장에 환호하는 동시에 반사적으로 조명이 꺼진 무대 위 서현우를 뚫어지게 바라보았다.

구석에 위치한 배의 2층이고 다른 댄서들과 함께 있어 잘 보이지는 않지만 잠시 뒤 허리를 짚고 비틀거리며 일어나 빠르게 계단에서 내려오는 실루엣이 보였다.

서현우임이 틀림없었다.

'역시 안 괜찮았잖아…….'

그는 허리를 손으로 짚은 채 언제 비틀거렸냐는 듯 의연히 걸어 고유준이 있는 메인 센터로 향했다. 메인의 댄서들 사이에 섞여 고유준의 뒤에 앉아 있다 발을 굴려 반동으로 몸을 일으켰다.

내 세상에 들어온 건 너였잖아

검은 셔츠에 하네스, 금브로치. 잔뜩 힘을 준 박윤찬이 제 파트를 불렀다.

"그새 실력 늘었어?"

"야, 저것 봐! 윤찬이 반깐이라고! 반깐 앞머리라고오!"

김고리의 친구가 미친 듯이 흥분하며 그녀를 흔들어 대기 시작했다.

그뿐만 아니다. 박윤찬, 반깐머리 비주얼뿐만 아니라 못

본 새 실력이 엄청나게 늘었다.

다른 멤버들에 비해 부족했던 성량은 이제 이 큰 공간을 가득 채울 수 있게 되었고 안무 도중임에도 목소리에 흔들림이 전혀 없었다.

더구나 저 표정! 표정 장인 서현우에게 배우기라도 한 것인가!

'우리 애, 배우를 해도 손색없겠어!'

김고리가 감격하며 생각했다.

곧 박윤찬의 파트가 끝이 나고 옆으로 비켜서자 서현우가 몸을 튕기며 앞으로 나왔다.

하늘이 내려앉고 바닥이 무너져도

너는 내 곁에- Skyfall, Skyfall

두 손을 높이 들어 내리치는 동작 이후 리믹스 된 전주와 같이 양쪽의 댄서들과 합을 맞추는 안무.

확실히 댄스에 능숙한 멤버들의 안무가 많이 바뀌었다.

방금 전까지 서현우가 허리를 짚고 있던 것을 봤던 김고리는 자신의 허리가 다 아파 오는 기분을 느끼며 아슬아슬하게 그를 지켜보았다.

그러나 서현우는 아픈 기색도 없이 안무대로 쓰러지듯 바닥으로 넘어진 채 정면을 보았다.

"으아…… 현우야아악!!!!!"

몸을, 사려 줘어…….

마음과는 정반대의 함성이 저절로 튀어나왔다.

고통에도 불구, 스스럼없이 자세를 낮춘 서현우는 그대로 댄서들에게 다리를 잡혀 빠르게 뒤로 끌려갔다.

정체 모를 무언가에게 딸려 가듯 순식간에 끌어당겨진 자리는 서현우 위를 뛰어넘은 이진성이 차지하고 곧바로 후렴구가 시작되었다.

밤이 지나면 사라질 화려함.

같이 가자, 환상 속에 갇힌 나를

너는 다시 보고 싶어질 거야

You need me

강하고 화려하면서도 슬픈 곡은 피아노 선율과 함께 몰아치고, 무대를 대거 점령한 댄서들과 메인 댄서 이진성이 그에 맞춰 안무를 선보인다.

서현우가 휘둘리는 느낌이었다면 이진성은 자신이 휘두르듯 많은 댄서들을 지휘하고 있는 모습이었다.

Let the sky fall

Let the sky fall

Let the sky fall
I need you

이진성, 그리고 이진성과 페어 댄스를 해야 하는 서현우를 제외한 채 뒤로 빠진 멤버들.

서현우는 댄서들 뒤에 숨어 있다 튀어나와 이진성의 곁에 섰다. 페어 댄스가 시작되었다.

곡은 강렬했던 기계음의 반절이 사라지고 대신 바이올린 선율과 이따금 뚝뚝 끊기는 듯 노이즈가 섞이며 격앙되어 빠른 속도로 후렴구의 마지막으로 향하고 있었다.

이진성에게 맞춰 힘 있게 춤을 추던 서현우가 곁의 댄서에게 지팡이를 받았다.

지팡이 끝을 발로 차 이진성의 앞을 막자 이진성은 지팡이 끝을 붙잡고 끌어당기며 뒤로 빠졌다.

노이즈 소리가 더욱 심해졌다.

"야, 노이즈 소리 들려? 이것도 스포 아님?"

"말 시키지 말아 봐. 지금 현우 나왔다고!"

곡에 확실한 박력이 더해졌다. 서현우의 댄스 파트로 넘어올 때 원래라면 한층 부드러워져야 하는데 우아하기만 했던 안무에 지금은 힘이 실렸다.

솔로 파트. 그러나 이번에는 댄서들과 함께.

무릎을 굽히지 않은 채 뒤로 몸을 넘기고 그걸 댄서들이 받쳐 팔을 붙들자마자 다리를 들어 반동으로 허공에서 뒤구르기 한다.

그의 허리 상태가 너무 걱정된다. 하지만.

"존나 멋져으으허엉! 어엉! 멋지다고!"

공동 구매한 자체 제작 응원봉이 미친 듯이 흔들렸다.

자신의 댄스 파트를 마무리한 서현우가 한쪽 무릎을 꿇고 대기했다.

원래라면 댄스 브레이크는 여기서 끝이어야만 했지만 뒤에 대기하던 고유준, 강주한, 박윤찬이 댄서들과 함께 튀어나와 다음 댄스 파트를 이었다.

"미치인!!!!!!!"

추가된 댄스 파트. 더구나 고유준이 댄스 파트의 중심을 맡고 각자 비중 있게 제 역할을 하고 있다니.

세 사람은 각자 합을 맞추어 딱딱 맞춰 떨어지는 군무를 선보였다.

그사이 무릎을 꿇고 있던 서현우가 고개를 숙였다. 조금 이상한 기색에 김고리의 시선은 저도 모르게 서현우에게로 향했다.

큰 공연장을 이리저리 뛰어다니는 것도 모자라 라이브에 춤까지. 서현우의 숙인 어깨가 거친 숨으로 들썩거리고 있었다.

점점 커지는 팬들의 함성. 서현우는 애써 바닥을 짚고 있던 손을 들어 다시 자세를 잡으려 했지만 이내 목표를 이루지 못하고 바닥을 짚었다.

'어떡해…….'

한눈에 보기에도 고통이 극심해 보였다. 걱정스레 그를 바라보고 있을 때 뒤늦게 뒤로 들어가 앉은 이진성이 서현우를 힐끔 바라보더니 말없이 손을 뻗어 허리를 고정시켜 주었다.

"진성아아……."

그때쯤 김고리는 친구를 붙잡고 엉엉 울고 있었다.

서현우는 움찔하더니 옅게 웃으며 뒤로 손을 돌려 이진성의 손목을 꽉 잡고 지지대 삼아 제대로 자세를 잡았다.

이진성은 다음 파트까지 손을 떼지 않고 서현우의 지지대를 자처했다.

곧 세 멤버의 댄스 파트가 마무리되고 뒤에 서 있던 이진성과 서현우가 다시 앞으로 나왔다.

메인 스테이지에 모여 있던 댄서들이 달려 중앙 스테이지와 좌우 스테이지로 나뉘어 자리를 잡고 곧 커다란 깃발들이 들어섰다.

많은 인원에게서 오는 위압감 속에 강주한이 중앙에 서서 앞으로 나아가기 시작했다.

그 뒤를 멤버들과 댄서들이 따랐다. 다섯 멤버가 모두 중앙에 도착하자 다시 마지막 절정으로 향하는 댄스 브레이크가 이어졌다.

〈퍼레이드〉의 열기가 극에 달했을 때.

"……."

곡이 뚝 멈추고 다시 지지직- 노이즈 음이 들렸다.

그리고 서서히 바뀌는 조명. 나풀거리며 떨어지는 꽃잎.

옅은 조명 아래, 강주한이 서 있었다.

네가 어디에 있든

내가 있을 거야

두려워할 필요 없어

너의 시간은 멈추었으니

마음이 깊어질 시간은 영원히-

조명 속에 강주한에게 다닥다닥 달라붙은 손들은 괴이하
게 느껴지기까지 했다.

강주한이 뒤로 빠지고 완전히 움직임이 멈춘 무대 위 사람
들.

환호를 보내던 사람들은 스포트라이트를 받으며 고고히
서 있는 서현우를 바라보았다.

곧 스포트라이트의 색이 바뀌었다. 서현우는 파스텔 톤 조
명 속에서 움직임을 멈춘 채 서 있는 사람들을 지나쳐 천천
히 메인 스테이지로 향했다.

멤버들과 댄서들이 있던 중앙 무대의 조명이 꺼지고 비춰

지는 건 오직 서현우뿐. 그가 걷는 동안 연분홍색 꽃잎이 줄곧 떨어져내렸다.

메인 스테이지에 도착한 서현우는 구석의 배 앞에 도착해 고개를 들었다.

배의 꼭대기 갑판 위엔 언제 그곳으로 향했는지 알 수 없는 고유준이 서서 아래의 서현우를 내려다보고 있었다.

그리고 들려오는 음울한 신디 사운드.

한참이나 서로를 바라보던 중, 서현우가 몸을 돌려 관객을 바라보았다.

그와 동시에.

영원히

입을 꾹 다문 서현우를 대신해 작게 중얼거리는 듯한 내레이션이 들리고 배 갑판 위의 고유준이 서서히 뒤로 빠지며 사라졌다.

이내 서현우를 비추던 조명마저 사라지고 남은 건 적막함과 어둠뿐이었다.

잠시 정적이 일었던 관객석에 몇 배는 커진 함성이 일었다.

그들이 크로노스를 좋아하는 사람이든 아니든 상관없다.

이 순간의 무대를 봤다면 크로노스를 궁금해할 것이고 그들이 보여 준 크로노스의 세계관에 흥미를 가질 수밖에 없을 것이다.

박수를 보낼 수밖에 없는 완벽한 무대.

가히 K-POP의 미래다운 공연이었다.

"……서 PD."

"네……."

무대에서 떨어진 상황실.

크로노스의 무대를 말없이 지켜보던 최 감독이 서 PD를 불렀다. 서 PD는 아직 최 감독 옆에 서서 암전된 무대를 바라보며 멍하니 대답했다.

"……안 움직여?"

최 감독이 묻자 서 PD는 화들짝 놀라며 머쓱하게 웃었다.

"움직입니다! 아, 크로노스 역시 잘하네요. 다음 시상 들어간다고 전하고 올게요."

"그래, 그리고 다녀오는 대로 빠르게 얘네 클립 따서 올려."

"넵!"

빠르게 달려가는 서 PD를 뒤로한 최 감독은 팔짱을 낀 채 만족스러운 미소를 지었다.

1부, 2부 모든 아티스트들의 리허설을 지켜본 그였다.

"너희가 오늘 MVP다."

YU가 가진 자본력도, 다른 소속사가 가진 경험도 없는 중소 기획사 YMM.

"심 대표가 인재 보는 눈 하나는 죽인다니까."

그들이 이 무대에 투자한 것이라고 해 봤자 꽃밭이 들어간 겉모습만 그럴듯한 배 모형, 대규모 댄서뿐.

같은 대형 루키 하이텐션과 스트릿센터에 비교하면 소박하기 짝이 없는 투자인데.

그것을 안무가의 센스와 강주한의 편곡, 은연중 드러나는 세계관, 그리고 서현우를 비롯한 멤버들의 스타성으로 완벽히 완성시켰다.

다른 건 몰라도 이번 무대를 통해 〈퍼레이드〉 댄스 챌린지와는 비교도 되지 않을 국내, 해외 K-POP 팬들의 관심을 받게 되겠지.

귀를 파고드는 함성과 관객들이 흔드는 응원봉.

난 입을 꽉 닫고 애써 거칠어진 숨을 참았다.

-대한민국 트렌드의 선두 주자. KEW 어워드 2부, 곧 올해의 가수상 시상이 있을 예정입니다.

안내 멘트가 나오고 진행석의 조명이 들어왔을 때가 되어서야 난 꺼진 마이크에 받은 숨을 내쉬고 안심할 수 있었다.

전부 다 끝났다.

열심히 준비했던 무대가 모두 끝나고 남은 것은 뿌듯함, 팬들의 함성과 허리의 고통이었다.

"으윽……."

손으로 허리를 짚자마자 다리가 후들거리는 게 느껴졌다.

난 불이 꺼지고도 여전히 나를 보고 있는 관객들에게 고개 숙여 인사하곤 비틀비틀 무대 뒤를 향해 걸음을 옮겼다.

고통이고 뭐고 사실 허리 부근의 감각 자체가 사라져 버린 느낌이었다.

멀리 중앙 스테이지에 있던 멤버들은 무대 아래로 내려가 대기실로 올 예정이고, 그나마 가까이 있던 고유준이 빠르게 계단을 내려와 나를 부축해 주었다.

"괜찮냐? 야, 너……."

"뭐, 괜찮아."

난 일부러 가볍게 말하며 고유준에게 어깨동무해 무게를 실었다.

고유준은 한숨을 쉬며 무대 뒤 의자에 날 데려다 놓았다.

"매니저 형, 서현우 다시 병원 가야겠는데요. 아까 보니까 거의 날아다니더만."

고유준의 말에 매니저 형이 스프레이를 가져오며 대답했다.

"조심하라고 했지만 사실 말 안 들을 거 알고 있었습니다. 현우 씨는 약속대로 당분간 회의, 연습 금지입니다."

"……네."

나를 에워싼 스태프들이 빠르게 마이크를 떼어 가고.

드라이기 바람이 몸의 땀을 식혀 주었다. 매니저 형은 메이크업을 고쳐 주려는 스타일리스트 누나를 제지하고 내 셔츠를 걷어 허리 부근에 파스 스프레이를 뿌렸다.

"현우 씨는 퇴근. 로드 매니저한테 말해 뒀으니까 병원 갔다가 바로 숙소로 들어가세요."

"어어…… 저 방송 끝날 때까지는 있어도 괜찮은데요. 팬들이 걱정할-."

말대답에 돌아오는 매니저 형의 표정이 정말 매서웠다. 난 입을 꾹 다물고 얌전히 고개를 끄덕였다.

"넵."

"다른 멤버들은 방송 끝나고 SES 회의 들렀다 갈 겁니다. 아픈 건 어떠십니까?"

"아예 감각이 없어요. 욱신거리기는 하는데."

"선배님, 차 대기시켜 뒀습니다."

로드 매니저가 다가와 말했다.

매니저 형은 날 로드 매니저에게 맡겨 놓고 고유준을 포함한 다른 멤버들을 챙겨 무대를 나섰다.

"현우 씨, 가요. 아까 갔던 병원으로 데려다드릴게요."

신입 사원 혁수 매니저님은 내 짐을 대신 챙기고 머뭇거리다 대뜸 등을 내밀었다.

"……네?"

내가 당황하며 멈칫거리자 혁수 매니저님은 뻘쭘하게 자세를 바로 하곤 민망스레 웃었다.

"수환 선배가 현우 씨 상태 안 좋아 보이면 그냥 업고 가라고 하셔서……. 괜찮으세요? 걸으실 수 있으세요?"

"아, 조금, 부축만 해 주시면 될 것 같아요."

아까 매니저 형에게 업혔을 때도 솔직히 좀 부끄러웠다.

여기 보는 눈이 좀 많아야지 원.

혁수 매니저는 흔쾌히 고개를 끄덕이곤 짐은 왼쪽 어깨에 나머지 어깨 한쪽은 내 지지대로 내주었다.

차에 도착한 나는 안전띠를 매고 시동을 켜는 혁수 매니저를 바라보았다.

스물일곱 살이랬던가. 얼마 전까지는 수환 매니저님께 일일이 보고하거나 물어보며 긴장했던 사람이었는데 이제 제법 능숙하게 날 챙겼다.

"안전띠 매셨어요? 출발해도 될까요?"

"네."

차가 출발했다. 하지만 익숙해졌어도 신입 사원, 틈틈이 날 힐끔거리며 조심하는 건 여전했다.

난 괜스레 어색해져 창밖으로 시선을 옮겼다.

"수환 형 화났어요?"

"예? 왜 화가 나셔요?"

혁수 매니저가 아무것도 모르는 듯 발랄한 목소리로 되물었다.

"아니, 아까 표정이 조금 화나신 것 같아서요. 무리하지 말라고 했는데 더 다쳐서 내려와서 혹시 화나신 건가 걱정돼서요."

"에이, 아닙니다. 수환 선배 그렇게 무서운 분은 아니에요. 아마 일부러 무섭게 대하신 걸 거예요. 이젠 선배 눈치 봐서라도 현우 씨 덜 무리하시라고."

"아."

"걱정 마세요. 뒤에선 엄청 걱정하셨어요, 사실."

혁수 매니저는 한참 어린 동생을 안심시키듯 조곤조곤 밝은 목소리로 말했다.

수환 매니저 형이 굉장히 사무적인 느낌이라면, 혁수 매니저는 동네 친한 형이 신입 사원으로 일할 때의 모습을 지켜보는 듯한 그런 편안한 느낌이었다.

"좋은 무대 보여 주고 싶은 마음은 너무 잘 이해하니까 쉬란 소리는 못 하겠지만 완전히 괜찮아질 때까지는 무리하지는 말아 주세요. 배는 안 고프세요?"

"아, 괜찮습니다. 그, 숙소 들어가면 큐앱 라이브 켜도 될까요?"

"넵! 라이브 하시는 걸로 이야기해 두겠습니다."

어느새 차는 병원 주차장에 도착했다. 매니저님의 도움을 받아 차에서 내려오니 감각이 없었던 처음과는 다르게 미친 듯이 아파 오기 시작했다.

"아악! 헉!"

숨통이 콱 틀어막힐 정도의 고통에 차 문에 기대 한참이나 시간을 보냈다.

그렇게 고통을 감내하며 든 생각은 하나.

'이거 못 걷겠는데?'

였다.

다리가 다친 것도 아닌데 조금조금 움직일 때마다 여지없이 아파 와서. 혁수 매니저는 눈치껏 날 지켜보다 얌전히 등을 내밀었다.

난 주변의 누군가 지켜보고 있을 수도 있다는 걱정을 뒤로 하고 혁수 매니저의 등에 업혀 병원으로 향했다.

가는 동안 마주친 몇몇의 환자가 날 보며 놀라거나 하는 걸 봤지만 어쩔 수 없었다. 아픈걸.

의사 선생님께 왜 다시 왔냐고 잔뜩 혼나고 물리치료를 또

받고, 그사이 혁수 매니저에게서 팬들이 많이 걱정하더라 하는 이야기를 들었다.

난 한층 무거워진 마음으로 숙소로 돌아와 말끔히 씻고 거실 소파에 드러누웠다.

이미 한밤, 지금쯤 KEW 어워드는 끝이 났을 것이고 멤버들은 SES방송국 회의실로 향하고 있을 터다.

"거실에서 라이브 진행하실 건가요?"

휴대폰 거치대와 간이 조명을 양손에 들고 들어온 혁수 매니저가 물었다.

난 피곤한 몸을 애써 움직여 고개를 끄덕였다.

"넵."

대답하자 매니저님은 순식간에 촬영 장비를 세팅하고 내 건너편에 앉았다.

"언제든 준비되면 말씀하세요. 아니면 그냥 주무시고 내일 하실래요? 몸도 안 좋고 피곤하신데."

"아뇨. 지금."

난 웅웅 아픈 허리에 힘을 줘 몸을 일으켰다.

지금 해야만 한다. 내가 무대에서 무너지는 걸 틀림없이 봤을 테니까 안심시키지 않으면, 그리고 내가 안심하고자 하는 이유도 있었다.

무대는 괜찮았다고 팬들과 소통하며 평온함을 되찾고 싶었다.

"네, 그럼."

혁수 매니저는 경쾌하게 고개를 끄덕이곤 거치대에 설치된 휴대폰을 만지작거렸다.

"제 휴대폰 빌려드릴 테니까 이걸로 채팅 확인하시고요. 라이브 켤게요. 제목은 뭐로 하실래요?"

"어, 음, 그냥 매니저님이 정해 주세요."

"옙, 맡겨 주세요."

혁수 매니저가 자신의 휴대폰을 넘겨주고 곧 오케이 사인을 보냈다.

"시작할게요."

곧 혁수 매니저의 휴대폰 진동이 울리며

[크로노스] 저 괜찮아요! 이(가) 지금 시작됩니다.

라는 문구의 큐앱 알람이 떴다.

라이브가 시작된 것이다. 난 혁수 매니저의 폰으로 채팅과 들어오는 인원수를 확인했다.

"조금 기다렸다 인사해야겠네."

－?ㅜㅜㅜㅜㅜㅜㅜㅜㅜ

－헐?????현우 갠라방???

－ㅜㅜㅜㅜㅜㅠㅠㅠㅠ무우ㅓㅇㅜㅜㅜ

-헐 겁나 놀랐네

-ㅜㅜㅜㅜㅜ현우야ㅜㅜㅜㅜ괜찮니ㅜㅜㅜ

화면 속 메이크업되지 않은 얼굴, 후드 티 차림으로 머쓱
해하는 내 모습이 보였다.

난 애써 내 모습을 무시하고 채팅에 집중했다.

"안녕하세요, 고리 여러분."

-ㅜㅜㅜㅜㅜㅜ무슨 일이야ㅜㅜㅜ

-공연 끝났다고 라방하는 줄 알았더니 현우 개인방송이야????미쳤
네ㅜㅜㅜㅜㅜㅜㅜㅜㅜㅜㅜㅜ

-ㅜㅜㅜㅜㅜㅜ괜찮아? 걱정했어....ㅜㅠㅠㅠㅠㅠㅠ

왜 채팅을 보자마자 미안한 마음부터 드는 걸까. 난 괜스
레 울컥하는 느낌에 입을 꾹 다물고 살짝 미소 지었다.

"왜 다들 울어요? 저 괜찮아요. 걱정할까 봐 괜찮다고 켠
거예요, 방송."

조금씩 들어오던 사람들은 어느 기점부터 빠르게 늘어나
기 시작했다.

채팅창은 정신없이 올라가고 내가 화제를 전환하지 않는
한 계속 울 것 같은 분위기였다.

조금 민망해서 우는 채팅은 넘기고 얼른 다른 말을 했다.

"와, 큐앱 혼자서는 처음 해 보는 거라 되게 떨리네요. 저희 무대 어땠어요? 저희가 진짜 열심히 연습했거든요. 여러분들 보여 드리려고."

-하아...정말 심장이...
-ㅠㅠㅠㅜ으얼어우ㅜㅜㅜㅜ진짜 너희 너무 자랑스럽고ㅜㅠㅠㅠ
-are u ok?
-(love u 이모티콘)hyeon woo!
-최고였어 진짜
-현우 병원 다녀왔어?
-너무 멋졌어ㅜㅜㅜㅠㅠ정말 사랑해 현우야..ㅠ
-헐 갠방임? 이제봤네ㅜㅜㅜ현우야ㅜㅜㅜ
-괜차낳ㄴ요?
-다른 멤버들은 어디갔어요??

"좋았다니까 다행이에요."
내가 다친 게 임팩트가 컸던 나머지 화제 전환은 못 한 거같긴 한데. 좋았으면 됐다.
"병원 다녀왔고 그냥 근육이 놀란 것뿐이래요. 쉬면 괜찮다고 했어요. 다른 멤버들은 다음 무대 회의하러⋯⋯."
대답하기 무섭게 올라가는 채팅. 난 고리들의 말을 한참이나 지켜보다 조심스레 말했다.

"걱정시켜 드려서 죄송합니다. 열심히 하고 싶어서 조금 무리했나 봐요. 즐겁기만 한 하루가 되길 바랐는데 제가 다치는 바람에 고리 여러분들께 마냥 즐기지는 못하는 무대를 보여 드렸어요."

너무나 신경이 쓰였었다. 완벽했으면 좋았을 것을 내가 다치는 바람에.

-네가 왜 미안해ㅜㅠㅠㅠ진짜 너무 멋졌다고....
-ㅠㅠㅠ미안해하지마러...고생했어요 오빠ㅜㅜ
-잘못한건 아냉~ 신인이 무대에서 엎어지면 안되지ㅎㅎ
-?
-ㅜㅜㅜㅜㅜㅜㅜㅜ선물같았어요

"무대가 괜찮았다니 정말 다행이에요. 저는 보시다시피 진짜 괜찮으니까 이제 걱정하지 마세요."

괜찮다고 말했기도 하고 이러다 정말 침울해지기만 한 라이브 방송이 될까 봐 난 더 이상 다친 것에 대해선 언급하지 않았다.

울거나 다시 괜찮냐고 물어보는 채팅들에게도 미안하지만 이젠 어느 정도 그냥 넘기고 다른 질문들을 찾기 시작했다.

"기왕 라이브 켰는데 멤버들 올 때까지 쭉 할까요? 혹시 그동안 궁금하거나 그런 거 있을까요?"

분위기도 바꿀 겸 목소리를 조금 더 키웠다. 크로노스는 큐앱을 켤 기회가 많지 않았으니 우리에게 하고 싶은 말도 많을 거다.

　그나마 소통할 기회였던 고유준과의 방송은 게임만 하다 껐으니까 제대로 된 소통은 오늘이 처음.

　조금이나마 팬들의 마음을 풀어 주고자 하는 생각에 묻자 채팅창이 폭발하듯 올라가기 시작했다.

　무수한 채팅들을 빠르게 체크하는 와중 눈에 들어오는 채팅 하나.

　-KEW 어워드에서 나왔던 영상이랑 무대는 혹시 다음 앨범 스포야? 현우의 개인적인 의견이 듣고 싶어!

　스포를 눈치챈 고리의 질문과.

　-[크로노스]형 팬이에요 애교 해주세요~

　아마도 고유준으로 추측되는 우리 멤버의 채팅이었다.

　SES방송국 회의실.

아티스트들의 일정을 고려해 늦은 저녁에 잡힌 연말 무대 회의는 무대를 치르고 피곤한 출연진과 야근에 찌든 직장인들 간 무언의 합의로 빠르게 진행되고 있었다.

"그럼 특별 공연 고유준 씨, 서현우 씨는 무대 하나만 쓰시는 것으로."

"네. 잘 부탁드립니다."

"아닙니다. 저희야말로 잘 부탁드릴게요."

여러 아티스트의 합동 무대에 집중한 KEW와는 다르게 사상 없이 공연으로만 이루어진 〈SES 뉴 이어 파티〉는 합동 무대 대신 아티스트 각자의 무대에 집중하는 구성을 보였다.

최근 복귀한 영이, 작년 한 해 음원 차트를 휩쓴 레나 등 솔로 가수들도 적극 섭외.

딱히 특별하다 할 것 없는 기획에 그래도 틈틈이 들어가 있는 합동 무대는 딱 세 가지.

1. 내년 스무 살이 되는 가수들의 공연
2. 보이 그룹의 걸 그룹 커버
3. 걸 그룹의 보이 그룹 커버

였다.

열흘도 채 남지 않은 올해. 내년 성인이 되는 크로노스의 멤버는 고유준과 서현우.

하지만 서현우의 부상으로 두 사람은 댄스곡 대신 템포감 있는 발라드를 부르기로 결정되었다.

무엇보다 서현우의 부상 치료가 우선이고 보컬에 특화되어 있는 멤버들인 만큼 곡 선정의 제한에도 좋은 무대를 보여 줄 수 있을 것이란 자신감 때문이었다.

그리고 두 번째 걸 그룹 커버에 들어가는 멤버는 박윤찬.

김 실장이 모든 멤버들에게 균등히 무대에 설 기회를 주기 위해 잘 어울리는 멤버로 정해 두었다.

"연습실은 말씀드린 것처럼 YU 연습실 섭외해 두었고요. 윤찬 씨는 YU에서, 현우 씨 유준 씨는 따로 연습하시고 공연 전날 다 같이 맞춰 보시는 것으로, 맞죠?"

"네, 그렇게 알고 있겠습니다."

"깔끔하-."

그때 PD의 휴대폰이 울렸다. PD는 힐끔 발신자를 확인하더니 깊게 한숨을 쉬고 일어났다.

"죄송한데 잠시만요. 작가님도 잠시만 이쪽으로."

"네, 다녀오십시오."

함께 방송을 맡고 있는 편집부의 전화였다. 심각한 일이라도 있는지 PD는 함께 들어온 작가까지 데리고 회의실을 나섰다.

회의 중간 PD가 전화를 받으러 나갔다 들어오는 일은 흔해서 매니저도 크로노스도 대수롭지 않게 그들을 보내고 텅 빈 회의실에 퍼질러졌다.

"아, 진짜 엄청 피곤하다."

눈 밑에 다크서클을 잔뜩 끼운 채 엎드리는 이진성에게 이수환이 말했다.

"어워드 끝나고 바로 왔으니. 내일은 늦게 갈 테니까 모두 푹 주무세요."

"현우는 괜찮대요?"

강주한이 묻자 곧 멤버들의 시선이 일제히 매니저에게로 향했다.

"로드 매니저의 말로는 별 이상은 없는데 지금 걷는 것도 힘들어하셔서……. 괜찮아질 때까지 쉬어야 합니다."

"……현우 형은 무리해서라도 무대에 오르는 형이니까……. 걱정이에요."

박윤찬의 말에 이수환도 다른 멤버들도 생각이 많아졌다.

하지만 암전되자마자 식은땀을 흘리며 비틀비틀, 무너지던 멤버를 눈앞에서 본 충격이란 상상 이상으로 컸다.

어떻게든 덧나지 않도록 쉬었으면 하는데, 아마 이 중 서현우에게 무대를 쉬라고 설득할 수 있는 사람은 없을 거다.

유난히 무대에 애착이 강한 멤버니까.

더구나 일 년에 한 번 있는 연말 무대. 크로노스에게는 흔치 않는 큰 공연에 댄스와 보컬 두 가지 다 큰 비중을 차지하고 있는 서현우의 부상은 너무도 컸다.

"SES 공연에서도 크로노스 무대는 오르겠다고 할 것 같아서 일단 치료에 집중하고 현우 씨에게는 안무 영상만 보여드릴 예정입니다. 이해해 주세요."

"당연하죠. 얼른 나을 수 있도록 저희도 간호 열심히 할게요."

모두가 서현우에 대한 걱정으로 한숨을 퍽퍽 쉬고 있을 때.

띠링!

띠링!

이수환의 휴대폰과 강주한이 들고 있던 크로노스 휴대폰이 동시에 울렸다.

"엥."

낯선 알림음. 두 사람이 휴대폰을 꺼내 들었다.

[크로노스] 저 괜찮아요! 이(가) 지금 시작됩니다.

"응?"

이게 뭐야. 강주한이 인상을 찌푸리며 고개를 갸웃거렸다.

이수환은 대수롭지 않게 도로 휴대폰을 집어넣으며 말했다.

"현우 씨입니다. 팬분들 놀랐을까 봐 걱정하시길래 큐앱라이브 권했었거든요."

"……바보가. 자기 몸 걱정이나 할 것이지. 어휴."

"아픈 것보다 외적인 걸 더 걱정하시더라고요. 그렇게까지 불안해하는 거 처음 봐서 좀 놀랐습니다."

걱정하는 기색이 역력한 두 사람의 대화, 그때.

"서현우 개인 방송해요?"

고유준의 큰 목소리에 강주한이 고개를 돌려 그를 바라보았다.

고유준은 눈 밑 가득 다크서클을 단 채 굉장히 장난스럽게 웃고 있었다.

"야, 너 왜 웃냐?"

"형, 저 잠시 휴대폰 좀. 아이, 별건 아니고 친구가 첫 개인 방송을 한다는데 위로 겸, 응원 겸."

♪♫♬

-[크로노스]형 애교 얼른요~ 지금 시간 없단 말이야~

"닉네임 읽기가 좀 민망한데, 현우의 해바라기 님께서."

-[크로노스]형, 형님, 형~~~나 좀 봐주라~

"KEW 어워드에 나왔던 영상이랑 무대 혹시 다음 앨범 스포냐고 물어보셨는데요."

　─[크로노스]서현우~~~~

　아 씨, 크로노스 멤버들의 채팅은 파란색으로 떠서 눈에
안 보일 수가 없다고.
　채팅 뒤로 낄낄거리는 고유준의 웃음소리와 표정이 들리
고 보이는 듯하다.
　애써 무시하고 꿋꿋이 팬분의 질문을 읽고 있으니─유추
가능한─ 익명의 멤버가 도배 수준으로 채팅을 보내왔다.
　팬들 또한 'ㅋㅋㅋ'를 남발하며 반응하는 중이라 이제 더는
무시할 수 없었다.
　"저런."
　난 뚝 말을 멈추고 촬영 중인 휴대폰 뒤쪽 혁수 매니저님
을 바라보았다.
　"매니저님."
　"넹?"
　매니저님은 자신의 다른 폰으로 큐앱 채팅을 보고 있다 반
사적으로 대답하며 고개를 들었다.
　난 태연하게 말했다.
　"멤버 채팅은 추방 안 되나요? 도배하는 분이 계시는데."

-[크로노스]너무해 흑흑 어떻게 나한테 그래? 서현우는 개인주의야
~

-ㅋㅋㅋㅋㅋㅋㅋㅋㅋㅋㅋㅋㅋㅋㅋㅋㅋㅋㅋㅋㅋㅋㅋㅋ

-ㅋㅋㅋㅋㅋ명불허전 동갑내깈ㅋㅋㅋㅋㅋㅋㅋㅋㅋ

-저거 빼박 유준이닼ㅋㅋㅋㅋㅋㅋㅋㅋㅋ

-추방ㅋㅋㅋㅋㅋㅋㅋㅋㅋㅋㅋㅋㅋ멤버 추방시키려는 현욱ㅋㅋ

"고유준 회의 중 아니야? 큐앱 켜도 되냐?"

-[크로노스]잠시 쉬는 시간

-ㅋㅋㅋㅋㅋㅋㅋㅋㅋㅋㅋㅋㅋㅋㅋㅋ유준앜ㅋㅋㅋ다같이 해 주
라ㅜㅜㅠㅜ

-[크로노스]근데 끝나감

-[크로노스]우리 갈 때까지 하고 있어랑 1시간

……아, 어쩌지.

별로 웃고 싶지 않았는데. 정색하려고 했는데, 고유준의
채팅에 웃음이 흘렀다. 그것을 애써 참으려 하자 광대가 흉
하게 경직되는 것이 느껴졌다.

"아, 뭐 생각해 보고. 얼른 가. 가서 회의에 집중해라. 주
한 형한테 혼날걸."

－[크로노스]주한 형 지금 같이 보고 웃겨 죽는데? 오키 퍼뜩 끝나고 간다 기다리. 고리 여러분, 좀만 기다려 주세요!

－ㅠㅠ다들 회의하러 갔는데 아파서 현우 혼자 못갔구나...진짜 어케...ㅜ

－ㅋㅋㅋㅋㅋㅋㅋㅋ큐앱 켠거보고 낄낄거리며 켰을 애들 생각하니까 너무 웃기닼ㅋㅋㅋㅋㅋㅋㅋ

"정말로. 그걸 못 참고 장난을 치네, 고유준. 이거 고유준이 보낸 거 확실한 거 같죠? 고리분들이 보기에도."

내 말에 확실하다는 채팅들이 올라왔다. 난 헛웃음을 쳤다.

"유준이 정말 캐릭터 확실하다."

그래도 덕분에 라이브 방송 내내 감돌던 우울한 분위기가 정말 많이 사라졌다.

정말 다행이다.

계속 도배되던 [크로노스]의 채팅이 사라진 걸 봐선 멤버들은 다시 회의에 들어간 모양이다.

난 픽 웃곤 말을 이었다.

"그래서 아까 읽었던 질문에 대답하자면, 오늘 했던 공연이나 화면에 나왔던 영상은 크로노스 세계관과 연결되어 있는 게 맞아요. 확 티가 났죠?"

누가 봐도 이야기를 담고 있는 공연 내용이었으니까. 그리고 구성된 공연의 스토리는 꽤 내 취향이었다.

"솔직히 저희도 세계관을 막 완벽히 파악하고 있는 건 아니라서 잘 말씀드릴 수는 없지만⋯⋯. 하하. 또 이런 건 여러분들이 보면서 유추하는 즐거움도 있을 테니 전 가만히 있겠습니다."

−그럼 다음 앨범 스포인지만…
−스포 맞아요?
−다음 앨범도 세계관 뮤비로 나오나요?

난 채팅을 지켜보다 눈을 굴렸다. 어느 정도 의미심장한 표정을 하곤 씨익 웃었다.

"글쎄요. 저도 잘 모르겠어요. 근데 어, 아무튼 좋아해 주실 거예요. 기대해 주세요."

할 수 있는 스포가 이 정도밖에 없어 아쉽네. 앞에서 혁수 매니저님이 잘했다는 뜻으로 엄지를 추켜들어 주었다.

문득 허리에 통증을 느껴 살짝 자세를 바꿔 앉으며 채팅 중 답할 수 있을 만한 질문을 찾았다.

"⋯⋯흡."

질문한 고리의 닉네임은 [주한이 귀에 고양이 귀]였다.

내 광대는 닉네임을 보는 순간 다시 굳어 부르르 떨려 오고 있었다.

"멤버들 첫인상 어땠냐고요?"

그 순간 내 머릿속은 온통 고양이 귀 머리띠를 한 주한 형의 모습으로 가득해졌다.

"……픕, 아, 죄송합니다. 주한이 귀에 고양이귀 님께서…… 흡."

닉네임 진짜, 모르는 척 넘기려고 해도.

"……흐흑흑흡, 아아, 허리약학! 아, 니, 닉네임이."

아, 진짜. 와, 생각만 해도 꼴 보기 싫어. 아, 진짜 웃기네.

"……푸하학!"

난 웃을 때마다 욱신거리는 허리를 붙잡고 한바탕 폭소했다. 주한 형을 상상하면 찔끔찔끔 눈물이 흘렀다.

"아아, 진짜. 너무 웃기다."

겨우 웃음을 멈추고 눈물을 닦으며 제자리에 앉아 다시 잠시 멈춰 두었던 질문을 보았다.

"후우, 멤버들 첫인상. 흐윽, 저희가 근데 연습생 생활을 전부 오래 해서 잘 기억이……."

　-ㅋㅋㅋㅋㅋㅋㅋ제대로 터졌녴ㅋㅋㅋ

　-허리고통〈같은 멤버의 고양이귀 상상

　-ㅋㅋㅋㅋ생각나는 거라도 알려 줘!!!

　-오빠ㅜㅜㅜ이제 봤어ㅜㅜㅜ너무 사랑해요 진짜ㅠㅠㅠ

"멤버들 첫인상, 음, 주한 형부터 말하자면요."

난 잠시 말을 멈추고 8년, 아니 약 14~15년 정도 된 주한 형과의 첫 만남을 떠올려 보았다.

"제가 열 살, 열한 살? 그쯤에 주한 형이 들어왔으니까 아마 주한 형도 초등학생이거나 중 1이었거나 그랬을 거예요."

아, 생각났다, 첫 만남.

"주한 형 그때는 무슨 은테였나? 얇은 테 안경 쓰고 앞머리에 브릿지 넣었던 걸로 기억해요. 부모님이랑 같이 와서 인사하고 둘러보고 갔었는데."

지금과는 다른, 꽤 장난꾸러기 같은 느낌의 아이였던 것 같다.

"연습생 중에 제가 제일 어렸으니까 같은 어린이가 들어와서 되게 친해지고 싶어 했었어요. 근데 그때 형이 처음 들어와서 춤을 못 추니까 뒤에서 눈치 보다가 슬쩍 로비로 도망쳤었던가?"

지금과는 이미지가 조금 달랐다. 그때도 공부 잘하고 칭찬만 듣던 형이 연습생이 되고 처음으로 불같이 혼나기도 하고 남들보다 못하기도 하니 초반엔 굉장히 소극적이었다.

"그리고 유준이는 전형적인 잘 노는 학생. 중학생 때 만났는데 그때도 좀 무섭게 생겼어서. 말투도 그렇고."

그때쯤 알뤼르가 히트하며 비슷한 나이대의 연습생들이 늘어난 시기였는데 기선 제압이라도 하려는 생각이었는지 주머니에 딱 손 꽂고 들어와서 불량한 눈빛으로 둘러보았었다.

근데 또 나도 한 성격 하는 터라 그땐 지금과는 달리 진심으로 치고받고 많이 싸웠다.

"그때는 절대 못 친해지겠다 했어요. 무섭기도 하고 이런 애는 처음 보니까. 근데 학교를 같이 다니라는 거예요. 되게 싫었는데 또 막상 등하교 같이 하다 보니까 그냥 폼 잡은 것뿐이고 되게 좋은 애였어요."

그리고 진성이는 어땠더라.

진성이랑 윤찬이는 내가 연습생이 되고 한참 뒤에 들어온 동생들이라 첫 만남에선 그렇게 큰 임팩트는 없었던 것 같은데.

"아, 진성이. 진성이는 회사 들어오기 전부터 춤으로 되게 유명했던 친구라 다들 긴장했었어요. 근데 들어오니까 진짜 애기고 춤만 잘 춰서…… 하핫!"

진짜 주한 형한테 말도 안 되게 자주 혼났었다. 어릴 때는 승부욕도 강해, 욕심도 있어, 식욕도 있어, 잠버릇도 고약해, 행동이나 말투 등등 고칠 곳이 많았는데 하도 혼나다 보니 콧물 줄줄 흘리며 "주한 형 싫어!!!!"라고 소리치며 나갔던 큰 사건이 있었다.

그땐 존댓말하던 사이였고 싸하게 얼어붙은 연습실에 주한 형이, "아직 말 안 끝났는데 나가? 죽을라고."라며 뛰어가

진성이 멱살 잡고 다시 들어와 혼내는 걸 이어 갔다.

자신을 싫다고 한 것에 열 받은 게 아니고 하던 말을 마저 못 해서 열 받았다고 말했었다.

"윤찬이는, 저는 태어나서 그렇게 고운 애는 처음 봤어요. 지금보다 더 마르고 더 새하얗고 눈 동그랗고. 아, 이런 애들이 스타가 되는구나! 배우 할 애라고 소개받았는데 어느샌가 보니까 같이 연습하고 있었어요."

윤찬이에 대해 더 길게 말하고 싶었지만 윤찬이와의 추억은 연습생 시절보다 지금이 더 많아서 미안하지만 더 말할 것이 없었다.

멤버들의 첫인상, 그 외에도 여러 질문들을 받으며 고리분들과 즐겁게 대화를 이어 나가고 있을 때였다.

현관 도어 록 소리가 들리고 곧 웅성웅성 멤버들이 안으로 들어오기 시작했다.

"나왔숑!"

"어, 왔냐."

"현우, 잘하고 있었어?"

일을 마치고 들어오는 멤버들의 모습에 평화롭던 채팅창이 다시 뜨겁게 달아오르기 시작했다.

"아, 밖에 추워. 야, 허리 아픈 애가 거실 바닥에 앉아서 방송을 하냐. 소파에 앉아서 하지."

"아, 쿠션 깔아서 괜찮음."

"형, 괜찮아?"

"어? 아, 어, 괜찮아."

"괜찮아요? 방송 지금도, 어, 안녕하세요, 고리 여러분."

윤찬이가 화면을 향해 손을 흔들었다.

"고리 여러분, 우리 왔어요! 보고 싶었어요! 현우 형 방송 잘했어요?"

"야, 나 잘했어, 나름."

"오늘 무대 어때써요!!!!"

아오, 정신없어. 멤버들에게 대답해 주랴 방송에 신경 쓰랴 안절부절못하고 있는 사이 주한 형이 대뜸 나를 제외한 멤버들의 손을 끌어내리며 내 곁에 앉았다.

"일단 안아 줘. 현우 안아 줘. 위로해 줘."

"혀엉!"

"서현우!"

"현우 혀엉! 보고 싶었어!"

"⋯⋯."

멤버들이 날 한가운데에 두고 둥글게 어깨동무하며 폭 안아 감싸 왔다.

"⋯⋯뭐 하는 거야?"

멤버들에게 품에 묻혀 버린 난 무념무상의 표정으로 허공을 바라보았다.

큐앱 화면엔 날 꺼안은 멤버들 사이 내 얼굴만 불쑥 튀어

나와 있었다.

"살아서 다행이야!"

"우리 현우, 행복해야 해!"

"형, 아프지 마요!"

"형, 잘 살아야 돼!"

"……."

아, 정말.

"이제 떨어져, 이 사람들아."

주한 형이 멤버들에게 바람을 넣어 부둥켜안은 지 좀 시간이 지났다. 아니 좀 오래된 것 같다.

"엉엉! 회의하는 동안 한 자리가 비어서 얼마나 슬펐는지 알아?"

"응, 알아. 진성이 너 멤버들 되게 좋아하잖아. 근데 좀 나와. 허리 아프거든."

허리 아프다는 말에 그제야 멤버들이 나에게서 떨어져 가까이 자리 잡고 앉았다.

"현우, 소파로 올라와."

"응…… 윤찬아?"

멤버들이 라이브 방송을 이어 나갈 준비를 하는 사이 아직도 고개를 숙인 채 날 부둥켜안고 있는 녀석 하나.

박윤찬이 미동도 없이 내 팔뚝에 머리를 박고 있었다.

애 왜 이래? 내가 당황하며 박윤찬을 바라보고 있으니 눈치 빠른 고유준이 놀란 얼굴로 박윤찬의 어깨를 흔들었다.

"……뭐야. 윤찬이 울어?"

"운다고?"

"형, 울어?"

멤버들이 다급히 윤찬이에게로 몰려들었다. 윤찬이는 내 몸이 흔들릴 것 같자 빠르게 몸을 놓았다.

"야, 왜 울어? 왜 울고 그래."

"……흐…… 진짜 걱정돼서…….'"

윤찬이는 내가 부상 입은 것 자체에 굉장히 많이 놀란 모양이었다.

진성이가 다쳤을 때도 진성이 못지않게 온종일 우울해했었는데 형이 다쳤으니 오죽할까. 윤찬이는 손으로 얼굴을 가리고 빠르게 울음을 참아 보려 애썼다.

문득, 우리끼리 너무 큐앱 팬들을 신경 쓰지 않는 것 아닌가 싶어 채팅창을 보니 어느샌가 'ㅋㅋㅋ'에서 'ㅜㅠㅠ'로 도배되고 있었다.

"혀엉, 울지 마."

"아학! 진짜 울어? 안 돼. 울면 안 돼. 울보 진성이 따라 울어."

심각한 상황이 될까 봐 고유준이 빠르게 분위기를 띄웠고, 주한 형이 윤찬이에게서 눈을 떼고 화면을 바라보았다.

"여러분, 우리 윤찬이가 회의하는 동안 현우 많이 보고 싶었나 봐요. 너무 걱정 마세요. 현우, 괜찮지?"

"저 진짜 괜찮아요."

난 눈썹을 으쓱이곤 엄지로 옆의 윤찬이를 가리키며 장난스레 웃었다.

"이 친구가~ 왜 이래~."

"윤찬이가~ 마음이 여려~."

"맞아~ 윤찬이 형이~ 마음이 여……려…… 흐읍……."

"……성아?"

진성이 너도 울어?

울음은 전염된다고 하던가. 진성이도 아까부터 표정이 별로 안 좋더니 울음을 간신히 참고 있었던 모양이다.

박윤찬을 놀리던 이진성이 웃다가 울기 시작했다.

그런데 이상하게 윤찬이가 울 때는 'ㅜㅜㅜㅠ'로 도배되던 채팅창이 진성이가 울자 다시 'ㅋㅋㅋ'로 바뀌고 있었다.

근데 솔직히 나도 윤찬이 우는 건 안쓰러운데 진성이 우는 건 좀 웃겼다.

"야! 너는 왜 울어!"

"아니이…… 지짜…… 혀, 현우, 형, 내끄읍가, 나으면……."

윤찬이는 조용히 처연하게, 보는 사람마저 안타까운 얼굴로 운다면, 진성이는 진짜 있는 힘껏 울음을 터트려서 형들을 즐겁게 한다.

"으하학! 네가 나으면?"

"가, 같이 으엉…… 커버흡, 대, 댄스…….."

"커버 댄스? 커버 댄스 추기로 했어?"

"으어엉웅!"

고유준이 낄낄거리며 이진성의 말에 대답해 주기 놀이를 시작했다.

"푸흡!"

"아, 웃지 마아하……!"

"품! 아아! 허, 허리……."

나는 웃자마자 진하게 느껴지는 고통에 허리를 부여잡고 소파에 얼굴을 묻은 채 킥킥거렸다.

"아아, 정말……. 죄송해요, 고리 여러분. 우리끼리만 대화해서."

윤찬이가 새빨개진 눈가를 꾹 누르며 고리분들께 말했다.

진성이의 말인즉슨 자기가 나으면 같이 알뤼르 커버 댄스를 추자고 했었는데 이번엔 내가 다쳐서 너무 속상하다 이런 말인 듯하다.

주한 형이 손뼉을 쳐 분위기를 전환시켰다.

"자! 이러면 고리분들이 현우 심각하게 다친 줄 알잖아! 여러분, 그런 거 아니에요. 그냥 동생들이 조금 놀라서 그런 거예요. 유준아, 네가 애들 데리고 가서 세수 좀 시키고 와 줄래?"

"엉."

고유준이 훌쩍이는 윤찬이와 진성이를 데리고 화장실로 향하고 주한 형은 거실 테이블 위 혁수 매니저님의 휴대폰을 집어 들었다.

"보오자. 무슨 이야기 하고 있었어요? 어이고, 벌써 1시간 넘게 방송했어?"

　

ーㅜㅜㅠㅠㅠ울지마ㅜㅜㅜ아프지말고ㅠㅠ너무 마음 아프다ㅠㅠ

ー근데 연예인이 방송에서 이렇게 아프다고 자꾸 이야기해도 되나요? 조용히 병원만 다녀오면 되는 거 아닌가...팬들 걱정하게

ーㅜㅜㅠ애들 얼마나 놀랐을까...난 텍스트로만 소식들어도 심장이 내려앉았는데

ーㅜㅜㅜㅜㅠㅠㅠㅠ현우야 우린 괜찮으니까 제발 쉬어 줘...너무 걱정된다

ー감성구걸ㅇㅈㄷㅋㅋㅋㅋㅋㅋ

ー나도 울것가튜ㅠㅠㅜㅜㅜㅜㅜㅜ

ーㅋㅋㅋㅋㅋㅋㅋㅋㅋㅋ진성이ㅣ너무 귀엽닼ㅋㅋㅋㅋ쿠ㅜ형이 아픈 게 서러워쪄요??

　

주한 형은 잠시 채팅창을 내려놓고 웃었다.

채팅창엔 나에 대한 걱정, 그리고 다른 멤버들에 대한 걱정으로 가득해 채팅으로 대화를 이어 갈 수 없다고 판단한

모양이다.

"아까 잠깐 현우 방송하는 거 봤는데 멤버들 첫인상 이야기하지 않았어?"

"응, 했어. 형 와서 자기 못한다고 도망친 거 이야기했음."

"그 정도쯤이야. 그럼 저도 현우 첫인상 이야기해 볼까요. 첫인상이 아니고 첫 만남인가."

주한 형은 기억이 가물가물한지 인상을 구기고 눈동자를 굴리다 '아' 작게 감탄사를 냈다.

"처음 연습생 되고 부모님과 함께 연습실 구경하러 와서 현우를 처음 봤어요. 한눈에 봐도 저랑 비슷한 나이인 친구가 형들 사이에서 멀뚱하게 쳐다보고 있는 거예요."

맞다. 난 그냥 비슷한 나이대의 사람이 연습생으로 들어온다는 게 너무 신기해서 쳐다봤고, 주한 형은 그게 마음에 안 들었는지 새침하게 날 노려보곤 금방 시선을 피해 버렸다.

"그때 알뤼르 선배님도 연습생으로 계셨을 때였는데 연습생 오래 한 친구라 그런지 초등학생인데도 되게 잘 꾸미고 있었어요, 현우가. 연습복이긴 했는데 머리도 약간 보통 그 시절 초등학생들의 짧은 머리가 아니고 세련된, 고등학생 형들이나 할 법한 머리였고."

"그랬었나. 아, 그랬었다. 알뤼르 선배님께서 머리하러 갈 때 나도 데려가서 꾸며 주고 그랬었거든."

"응, 근데 또 저랑 다르게 춤도 잘 추고 하니까 처음엔 질투 좀 했었죠."

"아."

그래서 초반에 나와 친해지기까지 조금 시간이 걸렸던 모양이다. 어린 만큼 시간이 걸렸다고 해도 일주일 만에 금방 친해지긴 했지만 초반엔 주한 형이 자꾸 내 말을 무시하려고 해서 기분이 좋지 않았었던 것 같다.

주한 형은 간단히 말을 마치고 다시 채팅창을 살펴보았다.

다행히 형이 내 첫인상에 대해 말하는 동안 채팅창은 'ㅜㅜㅜ'에서 벗어나 다시 궁금한 것이나 우리에게 하고 싶은 말을 전하고 있었다.

–그런데 주한이는 알뤼르한테 형이라고 안 불러요?

난 보이는 질문을 캐치해 주한 형에게 전해 주었다.

"형은 알뤼르 선배님한테 형이라고 안 부르냐는데, 어떠세요."

"나? 나는, 음, 그냥 예전부터 존댓말하는 게 익숙했어요. 약간 윤찬이가 아직 저한테 말 못 놓는 거랑 비슷한데, 불편한 건 아닌데 존댓말 자체가 편해요. 현우는 처음부터 되게 예쁨받았던 것 같고."

"맞아. 저는 기억도 안 나는데 어느샌가 형이라고 불렀던 것 같아요. 근데 아무래도 공석에서는 제대로 선배님이라고……."

주한 형과 나란히 대화를 이어 나가는 동안 화장실로 향했던 세 사람이 돌아와 앉았다.

진성이와 윤찬이의 목에는 아마 고유준의 짓으로 보이는 수건이 각자 턱받이처럼 묶여 있었다.

"세수시켜 주고 왔어요."

"네가 직접 닦아 줬냐? 애들 턱받이는 왜 하고 있어?"

"진성이는 꺽꺽거리면서 울길래 코까지 대신 풀어 줬고 윤찬이는 진성이만 턱받이시켜 주면 섭섭할까 봐 같이."

고유준의 능글스러운 말에 내가 픽 웃으며 말했다.

"이건 윤찬이 의견도 들어 봐야 한다."

"시끄러 시끄러. 아무튼 애들 씻기다가 첫 만남 이야기 하는 거 들었는데 다들 서현우 첫인상은 비슷할 거예요. 연습생 고인물 느낌."

"맞아. 현우 형 딱 그 느낌이었어. 아, 나랑 접점이 없겠구나."

"맞아요. 저도."

눈물을 그친 두 사람이 턱받이를 한 채 고개를 끄덕였다.

"난 현우 형 처음 봤을 때 좀 무서웠어. 계속 무표정이고 유준이 형이랑 다른 형들이랑 노니까."

진성이의 말에 고유준이 씨익 웃었다.

"너는 주한 형이랑 노는 연습생들 다 무서워했잖아, 맨날 혼나서."

"아, 형!"

"뭐! 하하. 아무튼 저는 서현우 처음에 주한 형 말처럼 되게 멀뚱멀뚱 조용했거든요. 저는 장난치는 거 좋아하고 현우는 지금보다 예민하고, 그래서 엄청 안 맞았어요."

"맞아, 너희 맨날 싸우다 정들었잖아."

"응, 붙어 있기 싫은데 회사에서 학교도 같이 다니라고 하고 맨날 붙여 놓으니까. 이건 싸울 수밖에 없지."

"근데 형들은 지금도 싸우잖아."

"쉿, 그만."

그 이후로 다음 앨범 때는 예능에 출연 많이 해 줬으면 좋겠다, 다음 연말 무대는 뭐 하나, 게임 방송 다시 해 줄 생각 있는지, 다른 멤버 개인 방송은 생각 있는지 등등 많은 질문이 오갔다.

중간에 오류가 있어 잠깐 중단했다 다시 시작한 시간까지 합치면 약 2시간.

팬들 말로는 역대급 길이의 라이브였다고 한다.

"여러분, 아무튼, 다음 앨범에서는 고리분들 의견대로 예능도 많이 나올 수 있게 이야기해 볼게요. 큐앱 자주 못 켜서 미안해요."

"정말 자주 온다고 약속할게요."

"모두 좋은 밤 되세요!"

띠링!

−방송이 종료되었습니다.

라이브 방송이 끝났다.

멤버들이 온 이후 새로운 방송을 하는 느낌으로 길게 방송한 탓에 뒤엔 은근슬쩍 거의 소파에 완전히 기대어 있었다.

아까 전 아픈 거 티 내서 좋냐는 유의 채팅이 있었는데 소파에 기대어 있다고 또 그렇게 보였을까 봐 걱정되었다.

"아무튼 다들 고생했어. 세팅된 건 내가 치울 테니까 진성이 윤찬이 씻고 유준이는 현우 방에 데려가 줘."

모두 일어나 각자 방으로 욕실로 향했다. 주한 형은 매니저님들과 거실에 남아 할 대화가 있다며 우릴 방으로 보내 버렸다.

"야, 걸을 수 있음?"

"이응. 이제 좀 괜찮아졌어. 아까는 허리 아파 죽겠더니."

"방송 중에 허리 붙잡고 웃더라."

고유준이 날 부축해 방으로 데려다주었다. 그러곤 욕실에 들어간 윤찬이에게 부탁해 수건에 뜨거운 물을 묻혀 왔다.

"야, 그거 전자렌지에 돌리고 와."

"싫어. 무섭게 수건 돌렸다가 불나면 어카냐? 물 안 흐르도록 비닐 씌울 거니까 괜찮아."

고유준은 수건에 비닐을 씌우고 침대에 엎드린 내 허리에 얹어 주었다.

"조심 좀 하지. 왜 다치고 그래? 멍청아."

"무대가 쫑난이야? 이 자식아?"

내가 킥킥거리며 장난치자 고유준은 정색하며 고개를 젓고 자신의 침대로 돌아갔다.

"야, 암튼 걱정했으니까 얼른 나아라. 같이 무대도 해야하고. 매니저 형이 너 안 나으면 무대 안 세우시겠대."

"그럴 일 없어. 나을 수 있어."

고유준이 어깨를 으쓱였다.

"네가 그렇다면 뭐. 근데 절대 무리하지 마. 애들 우는 거봤지? 솔직히 나도 식겁했어."

"미안."

내가 다치자마자 무대 뒤로 달려온 것만 봐도 고유준이 얼마나 놀랐는지는 알 수 있다.

"진짜 미안."

멤버들에게도 폐를 끼쳤다. 연말 무대에서 잘 보이고 싶은건 나만 그런 게 아닐 텐데. 다들 말은 안 해도 아쉬운 마음이 한가득일 거다.

최대한, 적어도 제대로 움직일 수는 있을 정도로는 나아야……

"아무튼 절대 움직이지 마. 내가 특별히 나을 때까지 도와

줌."

"오야. 고맙다."

고유준이 제 침대에 누워 노트북을 켜며 대충 끄덕였다.

"엉~."

고유준이 게임하고 난 찜질하는 사이 주한 형이 방으로 들어와 내 상태를 확인하고 갔다.

형은 정말 완쾌하지 않으면 무대에 세우지 않을 기색이었다.

"하아."

일단 다음 공연까지 남은 기간은 일주일. 잉여도 '이건 좀;;' 할 정도로 몸을 사리며 안무 영상을 통해 무대를 외우기로 결심했다.

"방이 좀 어둡네."

내가 말하자 놓칠세라 고유준이 상체를 벌떡 일으키며 말했다.

"그렇지? 불 좀 켤까?"

"그러자."

하지만 나와 고유준 두 사람 중 방의 불을 켜기 위해 일어나는 사람은 아무도 없었다.

대신 난 꼭 닫힌 방문을 바라보며 굉장히 다급한 목소리로 소리쳤다.

"진성아!!!!!"

하지만 돌아오는 목소리는 없었다. 고유준이 낄낄거리며 문을 힐끔 보고 소리쳤다.

"이진성! 현우 형 말 무시하냐? 서현우가 부르잖아!"

"지인성아!!!!!"

나와 고유준의 목소리엔 웃음기가 가득했다. 그렇게 몇 초의 시간을 기다렸을까.

"아, 왜!"

문 밖 조금 떨어진 곳에서 열이 바짝 오른 진성이의 목소리가 들려왔다.

"진성아, 빨리, 급해. 이리 와 봐. 빨리 얼른."

내가 정말 다급한 목소리로 말하자 아마 거실에 있을 진성이의 짜증 가득한 목소리가 들렸다.

"싫어어!!!! 안 간다고!"

"야, 현우 형이 부르는데 안 올 거야? 현우 허리 아픈데?"

"아, 유준이 형 있잖아!"

"난 고유준 말고 진성이 불렀는데! 진성아! 빨리!"

"아악!"

이내 쿵쾅거리는 크로노스네 다이노소어의 발소리와 함께 벌컥, 방문이 열렸다.

"아, 왜? 진짜 자꾸!"

인상을 팍 찌푸리고 꿍한 얼굴을 한 진성이의 모습에 나와 고유준은 동시에 웃음이 터져 킥킥거리며 스위치를 가리켰다.

"불 좀 켜 줘."

"……아아! 진짜!"

진성이는 성질을 바락바락 내며 화풀이하듯 퍽 스위치를 때렸다. 이내 방에 불이 들어오고 나와 고유준이 고맙다는 듯 손을 흔들자 진성이는 우릴 노려보다 한숨을 푹 쉬곤 바로 앞 촬영 중인 카메라를 바라보았다.

"맨날 저런다니까요. 저 놀리는 재미로 사는 것 같아요."

그러더니 제대로 몸을 돌려 카메라를 정면으로 바라보며 진지하게 말했다.

"이 방송을 보고 계신 각 아이돌 그룹 여러분, 그리고 소속사 관계자 여러분, 막내 괴롭히지 않는 그룹을 찾습니다. 연락 주세요."

깔깔깔깔, 정말, 우리 막내 재롱에 살 맛 난다.

SES 연말 방송 촬영 팀이 VTR 촬영을 위해 숙소로 방문했다.

크로노스의 일상과 나와 고유준, 윤찬이의 준비 과정을 찍어 간다고 하는데 일상을 찍는 것이기 때문에 카메라 없는 것처럼 편안하게 있으라고 해서 일상 그대로 진성이에게 장난치며 촬영을 이어 가는 중이다.

진성이는 연달은 장난에도 불구, '형아가 다쳤다+촬영 중이다'라는 이유로 계속 당하고 있었다.

"아, 밝아졌다. 진성아, 고마워. 이제 가서 〈라스푸틴〉 재밌게 해."

"한 번 더 부르면 가출할 거야."

진성이가 방을 나갔다. 우린 조금 더 키득거리다 촬영 팀이 건네주는 휴대폰을 받았다.

고유준은 휴대폰을 켜 주소록에 딱 하나 있는 번호를 터치했다.

"우리 이번에 열아홉 살 멤버들끼리 합동 무대하기로 했잖아."

"그렇지."

"우리랑 같이 공연할 멤버랑 미리 얼굴이라도 익혀 두자고. 전화로."

고유준이 미리 외워 둔 대사를 말했다.

윤찬이는 이미 함께 공연할 팀원들과 미팅하러 간 상태고 우리 열아홉 살 팀은 허리를 다친 나를 위해 협업할 멤버와 영상통화로 우선 인사하기로 했다.

"오오, 누군데, 누군데?"

"굉장한 인기 그룹 멤버. 기다려 봐, 내가 전화 걸게. 아, 머리 헝클어진 거 정리 좀 하고!"

고유준과 난 최대한 설레고 두근거리는 표정을 지으며 휴대폰 화면을 바라보았다.

사실 누가 함께하는지는 알고 있지만 스케줄상 따로 미팅을 했던 터라 직접 인사하는 건 처음이라 매우 어색할 것이다.

띵띵띠링띵!

경쾌한 신호음이 흘렀다. 우린 영상통화의 작은 화면 속에 욱여넣은 채 상대가 전화받기만을 기다렸다.

그리고 곧 신호음이 뚝 끊기며 보이는 얼굴과 들리는 어색, 민망한 웃음소리.

－여보세요. 으흐흑! 안녕하세요…….

상대의 모습에 나는 깜짝 놀란 척 눈을 키우며 입을 막았다.

"헐! 안녕하세요!"

－처음, 하하, 처음 뵙겠습니다.

상대도 나 못지않게 낯가리는 성격인지 어쩔 줄 몰라 하며 고개 숙여 인사했다.

"선배님!"

영상통화 주인공은 〈픽위업〉의 전 시즌 〈픽미업〉 최종 우승 걸 그룹인 '리뉴얼'의 멤버 엘리시아.

그녀는 리뉴얼의 메인 보컬을 맡고 있는 재미 교포 멤버로 우리와 같은 열아홉 살이다.

유넷의 연말 방송에서도 리뉴얼과 합동 무대를 하기로 정해져 있었는데 그 전에 SES에서 먼저 인연이 닿게 되었다.

"잘 부탁드립니다! 선배님!"

-네, 잘 부탁드립니다. 저희 곡도 정하고 해야 하는데 미팅 언제 할까요?

"아유, 저희는 언제든지 괜찮습니다. 선배님께선 언제 시간 되세요?"

상대도 아마 대사를 따로 받은 모양이다.

크로노스는 반년 차, 리뉴얼은 일 년 차.

아직 신인인 두 그룹의 멤버들은 철저히 비즈니스적인 마인드로 촬영에 임하며 꾹꾹 대사를 열심히 읊는 중이다.

-그럼 최대한 빨리 만나기로 하고 그 전에 저희 무슨 곡할지 각자 생각해 보기로 해요.

"네, 알겠습니다. 선배님!"

-네, 그럼 다음에 뵙겠습니다.

"들어가세요!"

서로 어쩔 줄 몰라 하며 한 서너 번의 인사를 반복하다 겨우겨우 끊긴 영상통화.

후우, 완벽한 통화였다.

이제 다시 대사를 읊을 차례.

"와, 진짜 설렌다."

"빨리 공연했으면 좋겠어!"

우린 호들갑을 떨며 〈시나리오1. 두근두근 설레는 첫 만남〉을 완료했다.

도대체 어떤 데뷔한 지 얼마 안 되는 신인이 걸 그룹과의 만남에 러브 라인을 만들고 그런 멘트를 하나 방송을 보며 용감하다는 생각을 간혹 했었는데 그걸 내가 하게 될 줄이야.

아마 나와 고유준이 한 대사와 행동은 편집을 거쳐 분홍색 뽀샤시~ 하트 뿅뿅~ 등의 CG와 함께 보이게 될 것이다.

촬영 팀에게 다시 휴대폰을 넘겨준 나는 잠깐 앉아 있었다고 아픈 허리를 부여잡으며 다시 침대에 올라가 엎드렸다.

그러자 고유준이 기어서 내 침대 옆으로 다가와 바닥에 앉았다.

"야, 근데 선배님이랑 곡도 생각해야 하지만 그 전에 우리 둘이 부를 곡도 생각해야 하잖아."

"응, 그러게. 뭐 하지? 넌 생각하고 있는 거 있어?"

"흐음."

다시한번
아이돌

무대 구성은 이러하다. 고유준과 나 둘이서 곡 하나, 나와 엘리시아 선배님이 다음 곡 후렴까지 둘이서 부르고 끝날 때 쯤 옷을 갈아입은 고유준이 나타나 엘리시아 선배님과 함께 메인 스테이지로 향한다.

그곳에서 나를 제외한 열아홉 살 팀이 SES 측에서 제공한 뮤지컬 형식 공연을 하고 내가 다시 무대에 올라 다 함께 엔딩곡을 부르며 끝.

원래 나와 고유준, 엘리시아 선배님 셋의 무대는 없었던 것이지만 크로노스의 인기가 부상을 이유로 팀에서 제외시킬 수는 없는 정도로 컸고, 무엇보다 김 실장님과 매니저 형이 미팅에서 굉장히 말을 잘했다고 한다.

그 덕분에 뮤지컬 무대에서 빠지는 만큼 오프닝을 맡겨 준 것이다.

내 입장에선 정말 너무 감사한 배려다.

그렇게 받은 오프닝 무대.

미팅 때 급작스럽게 정해진 무대라 선곡은 우리에게 맡겨졌다.

"……뭐 하지?"

"……."

촬영 중임을 아는데도 불구하고 뭐라 말을 꺼낼 게 없었다. 머리를 최대한 굴려서 곡을 생각해 내야 했다.

뮤지컬 무대 때 쓰는 곡과 분위기도 맞아야 하고 춤을 추지 않아도 들뜨는 곡이어야만 한다.

그런 곡이 뭐가 있을까?

그때 고유준이 말했다.

"이게 춤이 없다 해도 발라드는 아니고 약간 율동이 어울릴 만한 그런 곡이 좋을 듯. 연말이니까 신나야 하잖아."

"난 유명한 곡으로 했으면 좋겠어. 약간 디지몬이나 포켓몬 오프닝 엔딩곡처럼 엄청 익숙해서 막 따라 부르게 되는 거 있잖아."

그렇게 말하며 침대와 침대 가운데 벽, 떡하니 걸려 있는 YMM발 커다란 달력을 바라보았다.

곧바로 보이는 달력의 붉은 표시, 이어진 연휴들.

검은 숫자 사이 빨간 숫자들을 바라보고 있다가 "아." 하며 작은 탄성을 냈다.

"크리스마스네. 맞다. 크리스마스였잖아."

"어? 어, 그렇지."

"PD님, 혹시 이번에 캐롤 부르는 무대 있어요?"

내가 묻자 PD님은 눈을 동그랗게 뜨고 잠시 생각해 보다 미안한 얼굴로 고개를 끄덕였다.

"네, 있어요. 1부 오프닝, 2부 엔딩 때요."

"곡 뭔지 혹시 알 수 있을까요?"

"캐롤 부르고 싶어?"

고유준의 물음에 난 잘 모르겠다는 뜻으로 그냥 미소 지었다.

크리스마스. 캐롤을 하루 종일 틀어 놓아도 질리지 않는 하루.

오프닝 캐롤이 팝송이라면 케이팝 캐롤을, 반대라면 반대를.

열아홉 살 팀 무대의 첫 곡이고 엘리시아 선배님과 함께할 듀엣은 아마 달달한 곡일 테니 설렘, 들뜸으로 가득한 캐롤을 조금의 율동과 곁들여 선보여도 겹침 없이 즐거울 것이다.

PD님은 자신의 휴대폰을 뒤적거리더니 말했다.

"오프닝 엔딩 둘 다 팝이에요."

"그럼 저희는 한국 캐롤로 정해도 될까요? 기획상 안 된다고 하시면 다른 곡으로 정할게요."

최대한 겸손하게 양해를 구하자 PD님은 살짝 웃더니 잠시 통화를 하고 오신 후 오케이 하셨다.

"대신 다른 아이돌 그룹 중에서도 캐롤을 준비한 분들이 계셔서 그분들이랑 선곡 겹치지 않도록 해 달래요."

"넵! 감사합니다. 그 곡 리스트 주시면 겹치지 않도록 정할게요."

그때였다.

똑똑.

"잠시 실례하겠습니다."

주한 형이 문을 두드리더니 얼굴만 빼꼼 내밀어 우릴 바라보았다.

　PD님은 주한 형이 모습을 보이자마자 카메라를 휙 돌려 주한 형을 담았다.

　"곡이 캐롤이라고?"

　"……형, 듣고 있었어?"

　"아, 촬영 잘하고 있나 궁금해서 잠깐."

　주한 형의 말에 고유준이 킥킥거렸다.

　"형, 귀 대고 듣고 있었던 거 아니야?"

　"아닌데? 어우야, 너 형을 뭘로 보고?"

　"잊었구먼. 우리 방 문 앞에 카메라 설치되어 있는데~. PD님, 주한 형이 귀 대고 있었는지 방송에 꼭 넣어 주세요."

　고유준이 실실 얄밉게 말하자 주한 형은 고유준을 한심하게 쳐다보며 어쩔 수 없다는 듯 이실직고했다.

　"들었다! 들었다, 왜. 우리 귀여운 동생들이 잘하고 있는지 걱정되는 형의 마음이었는데. 아무튼."

　주한 형이 방으로 완전히 들어와 고유준의 등짝을 찰지게 때리고 고유준이 아픔에 몸서리치며 바닥을 구르는 사이 우리 중간에 자리 잡고 앉았다.

　"형이 캐롤 하면 좋아하는 곡이 있거든. 그걸 써 줄래?"

　형이 신나서 드릉거리는 얼굴로 내 동의를 구하고 있었다. 저 얼굴을 하면서 내놓는 의견은 언제나 팬들의 반응이 좋아도 멤버들은 별로 안 좋아하는 그런 유의 의견인데.

난 의심스러운 눈빛을 가득 보냈다.

"뭔……데?"

"이거야."

흘러나오는 곡은 나와 고유준 둘이 부를 노래치곤 살짝 많이 달달한 빠른 템포의 듀엣곡.

"어때? 좋지?"

"좋긴 한데……."

드릉드릉 즐겁게 노래를 트는 주한 형이 눈동자가 의심스럽게 반짝반짝 빛나고 있었다.

마치 〈멍멍냥냥〉 출 때의 그 생기발랄한 모습이었다.

다음 권으로 이어집니다

꿈의 도약, 로크에서 하십시오
(주)로크미디어에서 신인 작가를 모십니다

즐거운 세상, 로크미디어는 꿈을 사랑하고 도전을 두려워하지 않는 작가 분들의 참신한 작품을 기다리고 있습니다. 21세기 장르 문학계를 이끌어 갈 차세대 선두 주자 (주)로크미디어에서 여러분의 나래를 활짝 펴 보시길 바랍니다.

모집 분야 판타지와 무협을 포함한 장르 문학
모집 대상 아마추어 작가, 인터넷 작가
모집 기한 수시 모집
작품 접수 시 유의 사항
     1. 파일명은 작가명_작품명.hwp형식을 갖춰 주십시오.
     1. 파일에 들어갈 내용은 다음과 같습니다.
        — 성명(필명인 경우 실명을 밝혀 주세요), 연락처, 이메일 주소
        — 제목, 기획 의도
        — A4용지 1장 분량의 등장인물 소개
        — A4용지 2장 분량의 전체 줄거리
        — 본문
     1. 작품이 인터넷에 연재되고 있다면, 게시판명과 사이트의 구체적이고 정확한 주소를 기재해 주십시오.

선택된 작품은 정식 계약 후 출판물로 간행되어 전국 서점에 유통됩니다.
작가 분은 (주)로크미디어의 전폭적인 지원하에 전속 작가로 활동하시게 됩니다.
※ 자세한 내용은 로크미디어 홈페이지(rokmedia.com)를 참조하세요.

(03920)서울시 마포구 성암로 330 DMC첨단산업센터 3층 318호
(주)로크미디어 편집부 신간 기획 담당자 앞
전화 : 02) 3273-5135
www.rokmedia.com   **이메일 : rokmedia@empas.com**